中华国学文库

古诗十九首集释

隋树森 集释

中华书局

图书在版编目(CIP)数据

古诗十九首集释/隋树森集释. —北京:中华书局,2020.6(2025.8 重印)
(中华国学文库)
ISBN 978-7-101-14518-2

Ⅰ.古… Ⅱ.隋… Ⅲ.古典诗歌-诗歌欣赏-中国
Ⅳ.I207.22

中国版本图书馆 CIP 数据核字(2020)第 061474 号

书　　名	古诗十九首集释
集 释 者	隋树森
丛 书 名	中华国学文库
责任编辑	刘　明　钱　蕾
责任印制	陈丽娜
出版发行	中华书局 (北京市丰台区太平桥西里 38 号　100073) http://www.zhbc.com.cn E-mail:zhbc@zhbc.com.cn
印　　刷	河北新华第一印刷有限责任公司
版　　次	2020 年 6 月第 1 版 2025 年 8 月第 4 次印刷
规　　格	开本/880×1230 毫米　1/32 印张 5⅞　插页 2　字数 130 千字
印　　数	23001-25000 册
国际书号	ISBN 978-7-101-14518-2
定　　价	24.00 元

中华国学文库出版缘起

《中华国学文库》的出版缘起，要从九十年前说起。

1920年，中华书局在创办人陆费伯鸿先生的主持下，开始编纂《四部备要》。这套汇集三百三十六种典籍的大型丛书，精选经史子集的“最要之书”，校订成“通行善本”，以精雅的仿宋体铅字排印。一经推出，《四部备要》即以其选目实用、文字准确、品相精美、价格低廉的鲜明特点，最大限度地满足了国人研治学问、阅读典籍的需要，广受欢迎。丛书中的许多品种，至今仍为常用之书。

中华人民共和国成立之后，党和国家倡导系统整理中国传统文献典籍。六十馀年来，在新的学术理念和新的整理方法的指导下，数千种古籍得到了系统整理，并涌现出许多精校精注整理本，已成为超越前代的新善本，为学界所必备。

同时，随着中华民族以前所未有的自信快速发展，全社会对中国固有的学术文化——国学，也表现出前所未有的关注和重视。让中华文化的优秀成果得到继承和创新，并在世界范围内进行传播和弘扬，普惠全人类，已经成为中华民族的历史使命。当此之时，推出符合当代国民阅读需要的权威的国学经典读本，实为当务之急。于是，《中华国学文库》应运而生。

《中华国学文库》是我们追慕前贤、服务当代的产物，因此，它自当具备以下三个基本特点：

一、《文库》所选均为中国学术文化的“最要之书”。举凡哲学、历史、文学、宗教、科学、艺术等各类基本典籍，只要是公认的国学经典，皆在此列。

二、《文库》所选均为代表当代学术水平的“最善之本”，即经过精校精注的整理本。其中既有传统旧注本的点校整理本，如朱熹《四书章句集注》，也有获得学界定评的新校新注本，如余嘉锡《世说新语笺疏》。总之，不以新旧为别，惟以善本是求。

三、《文库》所选均以新式标点、简体横排刊印。中国古籍向以繁体竖排为标准样式。时至当代，繁体竖排的标准古籍整理方式仍通行于学术界，但绝大多数国人早已习惯于现代通行的简体横排的图书样式。《文库》作为服务当代公众的国学读本，标准简体字横排本自当是恰当的选择。

中华书局自1912年成立，至今已近百岁。我们将《中华国学文库》当作向中华书局百年诞辰敬献的一份贺礼，更是向致力于中华民族和平崛起、实现复兴大业的全国人民敬献的一份厚礼。我们自当努力，让《中华国学文库》当得起这份重任，这份荣誉。

中华书局编辑部

2010年12月

序

古诗十九首在中国文学史上占着很重要的地位:古代的四言诗在周朝充分的发达了以后,诗界便渐行沉寂,直到新体的五言诗起来,才又另现出一番灿烂与光辉,而古诗十九首便是这五言新体诗的星宿海。它一方面继承了诗三百篇,一方面又开了建安魏晋的五言诗的风气。它的艺术价值也到了纯熟的境界,它既有完整优美的外形,复有丰富充实的内容,而表现的方法,特具的风味,更是妙得难以用言语形容出来。它是五言诗的规范,后来的诗人,不但多受其影响,并且还有许多作家,如陆机、刘铄、谢惠连、鲍照、鲍令晖、江淹、沈约、孟浩然、韦应物、杨亿、洪适、陈襄、张宪、王闿运等,都有拟作,如果把这些诗收集起来,数量当也不少。这寥寥的十九首诗,真抵得上后来无数的篇什,所以研究中国文学的人,没有不喜欢读它的,锺嵘评为"一字千金",决不是过分推崇之语。

古诗十九首因为离我们的时代较三百篇为近,所以读起来比三百篇也容易懂,但是要想对于诗的脉络及字句的意义洞澈的了解，也还有待于笺释。兹为便于一般读者起见，所以勉强的来担当了这件工作，编了这部小书。这部书共分考证、笺注、汇解、评论四卷："考证"乃论十九首产生的时代，关于这个问题，我觉得刘勰"比采而推，两汉之作"的话，最为可信。所以持论即以此为归宿。"笺注"则多集李善、五臣以来诸家之说，事义兼释，务求详备。每诗之下，复附以评说，以为鉴赏之助；惟见仁见智，势难尽同，故虽有抵触，亦兼采而并收。"汇解"辑有刘履古诗十九首旨意、吴淇古诗十九首定论、张庚古诗十九首解、姜任修古诗十九首绎、朱筠古诗十九首说、张玉縠古诗十九首赏析、方东树论古诗十九首、饶学斌古诗十九首详解等篇，诸家之说，时或不同，迂曲之论，亦复多有，然作者体味诗意，揭发奥蕴，善言可取者，却也不少；何况诗无达诂，只要言之成理，我们都不妨一读。并且这几篇东西，有的颇不易得，现在把它们汇集起来，对于爱好十九首的人，想来多少总是有些方便吧？（此外还有金圣叹的古诗解、陈沆的诗比兴笺论十九首之部、姜炳璋的古诗亿等篇，因其内容似不如以上诸篇，故未收录。）"评论"则多采自诗话诗选，此亦有助于读者之研究与鉴赏；至其得失，则待读者自决，不再加以辨析了。

这本书虽没有许多自己的发明，但参考抄集，挦扯摘取，也颇费了些精力，然亦未知有助于研究古诗十九首者否耶？书中谬误，当所难免，读者如肯赐教，以便将来订正，至为荣幸！

一九三五年冬隋树森序

目　录

序 …… 1

古诗十九首集释卷一　考证 …… 1

古诗十九首集释卷二　笺注 …… 17

其一（行行重行行） …… 17

其二（青青河畔草） …… 19

其三（青青陵上柏） …… 20

其四（今日良宴会） …… 22

其五（西北有高楼） …… 23

其六（涉江采芙蓉） …… 25

其七（明月皎夜光） …… 26

其八（冉冉孤生竹） …… 28

其九（庭中有奇树） …… 30

其十（迢迢牵牛星） …… 31

其十一(回车驾言迈) …… 33
其十二(东城高且长) …… 34
其十三(驱车上东门) …… 36
其十四(去者日以疏) …… 37
其十五(生年不满百) …… 38
其十六(凛凛岁云暮) …… 39
其十七(孟冬寒气至) …… 41
其十八(客从远方来) …… 42
其十九(明月何皎皎) …… 43
古诗十九首集释卷三　汇解 …… 45
一　古诗十九首旨意 …… 上虞刘　履坦之 45
二　古诗十九首定论 …… 睢阳吴　淇伯其 51
三　古诗十九首解 …… 秀水张　庚浦山 70
四　古诗十九首绎 …… 如皋姜任修自芸 85
古诗十九首绎序 …… 如皋姜任修自芸 93
古诗十九首绎后序 …… 吴兴王　康 93
五　古诗十九首说 …… 大兴朱　筠竹君 94
古诗十九首说序 …… 平阳徐　昆后山 105
古诗十九首说序 …… 嘉定钱大昕竹汀 106
六　古诗十九首赏析 …… 吴县张玉穀荫嘉 106
七　论古诗十九首 …… 桐城方东树植之 112
八　月午楼古诗十九首详解 …… 旌德饶学斌勉庵 119
饶勉庵先生古诗十九首详解序 …… 宝应王凯泰 162
谨书月午楼古诗十九首详解后 …… 旌德饶书升 163

九　古诗十九首注 …………………… 咸阳刘光蕡古愚 164
汇解卷后记 …………………………………… 169
古诗十九首集释卷四　评论 ………………… 171

古诗十九首集释卷一　考证

一

近来一般研究文学史的人，多半都把古诗十九首定为东汉之作——认为在西汉时，五言诗还不能产生——不过我觉得这种说法也还难成定论。古诗十九首中固然有许多是东汉的篇什，但却也不能说其中绝对没有西汉的产物。

二

把古诗十九首定为东汉以来的作品的，他们所持的理由很多，最重要的大概有六种：（一）西京遗翰，莫见五言，故十九首非西汉作品。（六朝时人说，见文心雕龙。）（二）十九首用字有触西汉皇帝讳者，故非西汉人作。（顾炎武说，见日知录。）（三）十九首中有檃括乐府而成者，故非西汉人作。（朱彝尊说，见玉台新咏跋。）（四）"促织"之名，不见于尔雅、方言等书，至汉末纬书始见此名，故十九首必非西汉人作。（徐中舒说，见五言诗发生时期的讨论。）（五）西汉有"代马""飞鸟"对举的成语，然并不工切；东汉则有以"胡马""越燕"对举者，有以"代马""越鸟”对举者，均较工稳，十九首中亦有“胡马”“越鸟”之对，其非西汉人手笔可知。（同上。）（六）洛阳之“洛”，在西汉人书中多作“雒”。据魏略及博物志，谓：汉于五行属火，忌水，故改“洛”为“雒”；魏属土，水得土而流，土得水而柔，故又复原字。据此则“洛”字为西汉人所讳，不应用，而古诗有“游戏宛与洛”，可知此诗必作于汉魏间也。（胡怀琛说，见古诗十九首志疑。）不过我觉得这些理由并不充分，还不能把五言诗发生的时代决定为东汉；现在先把这些理由加以检讨。

怀疑五言诗产生时代的旧说的人，每引刘勰文心雕龙明诗篇“至成帝品录，三百馀篇，朝章国采，亦云周备，而辞人遗翰，莫见五言；所以李陵、班婕妤见疑于后代也”几句话，认为今所见的西汉五言诗，简直都是赝品。但是在这里我们须要注意：刘勰说的是“辞人遗翰，莫见五言”，十九首是无名氏的作品，并非出于辞人，当然是可以有的。其次，还要知道刘勰他自己是认为五言诗在西汉已经产生了的，因为他还有“古诗佳丽，……比采而推，两汉之作也”的话。复次，成帝品录也不能说没有五言〔一〕，即使成帝品录不见五言，也不能说西汉就没有五言诗，因当时之诗，必有许多为汉志弃而不录的，那些诗中焉知决无五言？且自周以来，即代有五言，也足证西汉时有产生像古诗十九首那样诗歌之可能。如诗经之中，不但有许多五言的单句及连续至二句三句者，且还有通首为五言者，如魏风十亩之间云：

十亩之间兮，桑者闲闲兮，行与子还兮。

十亩之外兮，桑者泄泄兮，行与子逝兮。

即是。不过也许有人要说：这类的诗，句中有“兮”字，“兮”字是助声之辞，不能算入字数，所以这种诗并非五言诗。是的，这话也是一理，那么再找其他的例吧。诗经大雅绵第九章云：

虞芮质厥成，文王蹶厥生。予曰有疏附，予曰有先后，予曰有奔奏，予曰有御侮。

这是没有“兮”字的五言。这两种诗，诗经中也还有些，我们无论承认它们都是五言也好，或只承认后者是五言也好，总之周代是有五言诗的。自此以后，五言诗仍是接着产生，如孟子离娄篇引孺子歌曰：

沧浪之水清兮，可以濯我缨；沧浪之水浊兮，可以濯我足。

也是五言诗。这首诗中虽有“兮”字，但却如刘勰所云，实是五言的“全曲”；因为这首歌是以“清”与“缨”为韵，“浊”与“足”为韵，并不以“兮”字为韵，足证“兮”字完全是表声的，并不入“句限”。又水经注引物理论曰：秦始皇起骊山之冢，使蒙恬筑长城，死者相属，民歌曰：

生男慎莫举，生女哺用脯。不见长城下，尸骸相支拄。

这不也是五言吗？

再就西汉来说，我们姑且承认苏武、李陵、卓文君、班婕妤等人的诗出于后人依托，但也还能证明当时是有五言诗的。楚汉春秋中载有虞美人答项羽的歌，歌云：

汉兵已略地，四方楚歌声。大王意气尽，贱妾何聊生？

这不是与其他汉诗很相类的五言诗吗？这首诗有人疑为伪作，并非出于虞姬之手；但即使这首诗是伪作，它的时代却仍然很早，因为据汉书艺文志云，楚汉春秋是陆贾所记。陆贾是汉朝初年的人，这首诗总是汉初的作品了。又，李延年是武帝时的协律都尉，他有一首很有名的北方有佳人歌云：

北方有佳人，绝世而独立。一顾倾人城，再顾倾人国。宁不知倾城与倾国，佳人难再得！

这歌除了无关重要的"宁不知"三个字，便是一首完全的五言（玉台新咏即作"倾城复倾国"，如此便是纯五言诗。）不仅是五言，而且它的韵味与十九首很相近。又汉书贡禹传载武帝时俗语曰：

何以孝弟为？财多而光荣。何以礼义为？史书而仕宦。何以谨慎为？勇猛而临官。

这也是五言。宋书乐志载汉铙歌十八曲中的上陵，是宣帝时的产物，其中也有许多五言句，如云：

上陵何美美，下津风以寒。问客从何来？言从水中央。桂树为君船，青丝为君笮，木兰为君棹，黄金错其间。……甘露初二年，芝生铜池中。仙人下来饮，延寿千万岁。

也是与十九首很相类的五言诗。又汉书五行志载成帝时童谣云：

邪径败良田，谗口害善人。桂树华不实，黄雀巢其颠。

故为人所羡，今为人所怜。

尹赏传载成帝时长安中为尹赏歌曰：

安所求子死？桓东少年场。生时谅不谨，枯骨后何葬？

这也都是用五言作的。此外那时的民谣乐府之中，也还有此类作品。所以我们即使怀疑苏李等人之诗，但却不能说西汉没有五言诗。西汉既有五言诗，当然也能产生十九首一类的作品。

认为十九首非西汉作品的，还有一个很大的理由，就是诗中的“盈”字触讳。顾炎武云：

孝惠讳盈，枚乘诗“盈盈一水间”，在武昭之世而不避讳，可知为后人拟作，而不出于西京。

顾氏所说的枚乘诗“盈盈一水间”，即是古诗十九首之第十首“迢迢牵牛星”那首诗；十九首除了这首之外，还有第二首中的“盈盈楼上女”，第九首中的“馨香盈怀袖”，也都是句中有“盈”字的。但是诗中有触讳之字，并不能证明其必非西汉之作，因为汉人的文章中触讳的地方很多，以触“盈”字的而论，即已不少，例如贾谊陈政事疏曰“秦王置天下于法令……而怨毒盈于世”；邹阳上书吴王曰“淮南连山东之侠，死士盈朝”；韦孟在邹诗曰“祁祁我徒，负载盈路”等都是。古直汉诗研究列举汉人诗文触“盈”字讳者有数十则之多，难道这些诗文也都是后人拟作吗？古人有“临文不讳”之说，所以有“盈”字并不能断为决非西汉人所作。

古诗十九首中生年不满百一首，因为与乐府西门行的字句相同者颇多，所以朱彝尊玉台新咏跋便说这是文选楼诸学士裁剪长短句而作成的；但这也不成理由，钱大昕曾加以驳正，他说：

……或又疑生年不满百一篇檃括古乐府而成之，非汉人所作，是犹读魏武短歌行而疑鹿鸣之出于是也，岂其然哉？

据我们以理推测，乐府与诗有相同的地方，总是乐府在后，因为诗可入乐的。诗入乐而不合节奏，于是乃加以增损。如楚辞有山鬼篇，宋书乐志便有增减其字句而作成的今有人；曹植的七哀诗，宋书乐志亦有增加其字句而作成的明月篇；这都足证乐府中有改易他诗字句而成者。西门行当然也是与此情形相同，是改易古诗而成的。

“促织”之名虽不见于尔雅、方言等书，但因此便断定明月皎夜光一诗为西汉以后的作品，理由也是不充足的。因为尔雅、方言等书，材料并不多，决不能把当时所有的草木鸟兽等物的种类及其异称都完全记载在里面；即在今日，我们也不能说从所有的书籍辞典之中，就能把现在中国各地草木鸟兽的种类及其异名都找出来，不用说尔雅、方言那种极不精密的书了。并且汉赋中的动植物之名，就有不见于尔雅、方言的，如枚乘七发“溷章白鹭”之“溷章”，当为鸟名；“漃漻薵蓼”之“薵”，当为草名；司马相如上林赋“獑胡豰蛫”之“獑胡”与“蛫”当系兽名；然尔雅、方言均无记载。其他类此之例尚多，但决不能因此便怀疑那作品的时代。再说东汉以前的古书亡佚的很多,我们焉知在那些书中也无"促织"二字?复次,纬书中既有"促织"之名,纬书是两汉之物,即算是东汉的,那么东汉既有此名,而此物又非那时来自他国者,我们也无法证明这个名词即创于东汉。

从"胡马""越鸟"的对偶证明古诗十九首是东汉的作品,理由也不充足。对偶是中国文学的特色,在很早的典籍如书经、易经之中就有,楚辞及西汉的文章辞赋中对偶非常工致的很多,如"朝搴""夕揽","滋兰""树蕙","坠露""落英"(见离骚);"囊括四海""并吞八荒"(见过秦论);"鸾凤伏窜""鸱枭翱翔"(见吊屈原赋);"保母""傅父","荆山""汝海"(见七发);简直不胜枚举。如说西汉的作者还没有达到以"越鸟"对"胡马"的程度,这是谁也不会相信的。如说西汉有不很工切的"代马""飞鸟"的对偶,同时便不会再有工致的"胡马""越鸟"的对偶,也是没有理由。何况我们即使承认有胡马越鸟的行行重行行一诗为东汉人作,也不能证明古诗十九首全是东汉的作品,因为这十九首诗本非一人一时的产物!

至于青青陵上柏一诗,李善疑为东都之作,说本明通,然从"游戏宛与洛"的"洛"字证明此诗作于汉魏之间,便不成理由了。段玉裁说文注云:

> 雍州洛水,豫州雒水,其字分别,自古不紊。周礼职方:"豫州其川荧雒,雍州其浸渭洛。"……后人书豫水作"洛",其误起于宋裴松之引魏略曰:"黄初元年诏以汉火行也,火忌水,故洛去水而加隹;魏于行次为土,土,水之牡也,水得土而乃流,土得水而柔,故除隹加水,变雒为洛。"

此丕改雒为洛，而又妄言汉变洛为雒，以掩己纷更之咎，且自诡于复古。自魏及今，皆受其欺。……自魏人书雒为洛，而人辄改魏以前书籍，故或至数行之内，"雒""洛"错出。即如地理志引禹贡既改为洛矣，则上雒下曰"禹贡雒水"，不且前无所承乎？……

这样看来，禹贡伊洛之洛本应作雒，与渭洛之洛是两字；洛阳之洛作雒是应该的，但并非因汉讳用洛所改。此诗未作"雒"，我们如对它怀疑，亦应持此理由。但以段氏之说推之，此"洛"字恐系魏人所妄改，不足为证。我们试翻两汉人书，如史记周本纪赞"洛邑"两见；汉书游侠传"洛阳"数出；难道我们也能说史汉"洛"不作"雒"，必成于汉魏之间吗？

总之，把古诗十九首定为东汉人作或汉魏间人作，理由都是很不充分的。

〔一〕古直古诗十九首辨证馀录云："汉志所录……三百一十四篇，固不能尽为五言，然五言之作，亦自多有。何以证之？志有吴歌诗，崔豹古今注曰'吴趋曲，吴人以歌其地'，而陆机拟吴趋行，则五言也。志有齐歌诗，乐府解题曰'齐讴行，齐人以歌其地'，而陆机拟齐讴行，则五言也。志有诏赐中山靖王子哙及孺子妾歌，陆机拟中山孺子妾歌，前首四言五言各半，后首则全篇五言也。（厥拟汉歌强半五言。）志有陇西歌诗，乐府古辞陇西行，则五言也。志有邯郸歌诗，崔豹古今注曰'陌上桑邯郸女名罗敷作'，乐府古辞陌上桑，则五言也。志有杂歌诗，乐府解题曰'乐府杂题自相逢狭路间行已下皆不知所起'，乐府古辞相逢狭路间行，则五言也。……"

三

把古诗十九首都认为西汉以后的作品,既是没有理由,那么它究竟是什么时候的产物呢？我觉得还是把它认为出于西汉无名氏之手,较为妥当。

刘勰文心雕龙论到古诗的时代,说“比采而推,两汉之作也”;昭明编文选时,以失其姓氏,所以把它放在苏李诗之上;锺嵘诗品说“推其文体,固是炎汉之制,非衰周之倡也”;李善文选注说“辞兼东都,非尽是乘”;这都是认十九首为汉诗或认为两汉之诗的。我觉得两汉之说最为可信,我们从十九首中也能得到证明,如第七首云:

> 明月皎夜光,促织鸣东壁。玉衡指孟冬,众星何历历?白露沾野草,时节忽复易。秋蝉鸣树间,玄鸟逝安适?

李善文选注说:“上云促织,下云秋蝉,明是汉之孟冬,非夏之孟冬矣。汉书曰:‘高祖十月至霸上,故以十月为岁首。’汉之孟冬,今之七月矣。”又说:“复云秋蝉、玄鸟者,此明实候,故以夏正言之。”按:汉书张苍传云“苍为计相时,绪正律历,以高祖十月始至霸上,故因秦时本十月为岁首,不革”,武帝纪云“太初元年夏五月正历,以正月为岁首”,这就是说秦用建亥历(以十月为岁首,十月亥月也),汉初仍之,至武帝太初元年始改用建寅历,相差正是一季。诗中叙时令为孟冬,但还有促织与蝉,这孟冬当然是武帝太初以前的孟冬,实即后来的孟秋。李善据汉书而定明月皎夜光一诗为西汉太初以前的作品，是很对的。又第十六首云：

凛凛岁云暮，蝼蛄夕鸣悲。凉风率已厉，游子寒无衣。

严冬岁暮而有蝼蛄悲鸣；“孟秋之月，凉风至”（礼记月令），凉风是秋天的风，而此诗叙岁暮始云凉风已厉，游子无衣；那么这所谓岁暮，当系夏历八九月的时候，故此诗也是成于太初以前的。又第十二首云：

回风动地起，秋草萋已绿。四时更变化，岁暮一何速？

岁暮而有“萋已绿”的秋草，这也足证为太初以前的诗。

十九首中虽有西汉之诗，却也有东汉人所作者，如第三首云：

驱车策驽马，游戏宛与洛。洛中何郁郁，冠带自相索。长衢罗夹巷，王侯多第宅。两宫遥相望，双阙百馀尺。

李善注曰：“汉书南阳郡有宛县。洛，东都也。”又说：“蔡质汉官典职曰：‘南宫北宫，相去七里。’”李周翰注曰：“宛，南阳也；洛，洛阳也；时后汉都，此南都也。”吕延济注曰：“洛阳有南北两宫，相望七里。”这首诗讲到洛中冠带、王侯第宅、两宫双阙，这当然是咏东都者，即成于东汉人之手了。又第十三首云：

驱车上东门，遥望郭北墓。白杨何萧萧，松柏夹广路。

李善文选阮籍咏怀诗注引河南郡图经云：“东有三门，最北头曰上东门。”朱珔文选集释云：“上东门乃洛阳之门，……长安东面三门，见水经注，无上东门之名。”又云：“李善注引风俗通曰：

‘葬于北郭，北首，求诸幽之道也。’案，诗所言非泛指，盖洛阳北门外有邙山，冢墓多在焉。则此即谓北邙山之墓矣。”案，此诗上东门既是洛阳城门之名，而北邙自后汉建武十一年城阳王祉葬此之后，遂为王侯卿相之墓地，所以这首诗也是东汉的作品。

我们再从古诗所表现的思想来看，也可知道有东汉之作。如第四首今日良宴会云：

人生寄一世，奄忽若飙尘。何不策高足，先据要路津？无为守穷贱，轗轲长苦辛！

第十四首去者日以疏云：

去者日以疏，来者日以亲。出郭门直视，但见丘与坟。古墓犁为田，松柏摧为薪。白杨多悲风，萧萧愁杀人。思还故里闾，欲归道无因。

第十五首生年不满百云：

生年不满百，常怀千岁忧。昼短苦夜长，何不秉烛游！为乐当及时，何能待来兹？愚者爱惜费，但为后世嗤。仙人王子乔，难可与等期。

及前已定为东汉之作的青青陵上柏云：

人生天地间，忽如远行客。斗酒相娱乐，聊厚不为薄。……极宴娱心意，戚戚何所迫！

驱车上东门云：

人生忽如寄，寿无金石固。万岁更相送，圣贤莫能度。

服食求神仙，多为药所误。不如服美酒，被服纨与素。

这些诗都表示出悲观、厌世、愤谑的思想，要求刹那间之快乐于醇酒高粱中之主义；这种不得已而要尽量享乐的办法，都是乱世之音的表现，所以这些诗总是桓灵以后的作品了。

又第十七首孟冬寒气至云：

孟冬寒气至，北风何惨栗？愁多知夜长，仰观众星列。

此诗首言孟冬，下云"北风何惨栗"，又云"夜长"，这孟冬景象便与明月皎夜光一诗所写的孟冬不相同了。所以这孟冬便是夏历之孟冬，此诗当系太初以后的作品。

这样看来，古诗十九首非一时的产物，是很明显的；既非一时的产物，当然也就非一人所作了。蔡絛西清诗话云"十九首盖非一人之辞"；沈德潜说诗晬语云"古诗十九首不必一人之辞，一时之作"；我觉得他们所说的都是很对的。

四

如上所云，古诗既是两汉人作，那么究竟出于何人之手呢？这却是无法解决。旧来把十九首中一部分的诗指出作者来，那是很不可信的。现在先把诸说列出，然后再加以分辨。

（一）枚乘、傅毅说。文心雕龙云："古诗佳丽，或称枚叔；其孤竹一篇，则傅毅之词。"徐陵玉台新咏以文选十九首中之行行重行行、青青河畔草、西北有高楼、涉江采芙蓉、庭中有奇树、迢迢牵牛星、东城高且长、明月何皎皎为枚乘作（玉台枚诗尚有兰若生春阳一首)。

(二)曹植、王粲说。诗品云:"去者日以疏四十五首,……旧疑是建安中曹、王所制。"

(三)张衡、蔡邕说。艺苑卮言云:"……宛为周都会;但'王侯多第宅',周室王侯,不言第宅;两宫双阙,亦似东京语。意者中间杂有枚生或张衡、蔡邕作,未可知。"

但这都是传说与推测之词,并无真凭实据。刘勰对于枚乘之说,已是不甚相信,所以他说"或称枚叔";而与刘氏同时的昭明太子及锺嵘,也都不信此说:昭明文选把这些诗总题为"古诗",不加主名;诗品说"古诗眇邈,人世难详",又说"枚马之徒,吟咏靡闻",这也是不以枚乘说为然的。并且文选所载晋陆士衡拟古诗十二首,玉台所称枚诗九首均已拟及,刘休玄的拟古二首,所拟亦在玉台枚诗内,但陆刘两家都不说"拟枚乘诗",而曰"拟古诗",亦足证十九首本系古诗,并无主名。至于傅毅、张衡、蔡邕、曹植、王粲之说,也都不过是"想当然耳",决不足信的。

五

五言诗西汉便已产生,为什么西汉有名的作家却不用它呢?这大概是因为五言体起于民间,歌谣乐府用得较多,而一般人多轻视它,所以辞人文士或不肯采用,或试作而不署其名的缘故。挚虞文章流别论云"五言者……于俳谐倡乐多用之";我们看李延年的北方有佳人歌,除了"宁不知"三字,通首便是五言,而李延年全家即都是倡优之流。文心雕龙说"辞人遗翰,莫见五言",这也是说作家不用五言,俳谐倡乐以及民间无名诗人自有采用的。汉代的许多五言乐府,究竟是东汉西汉,就很难断定,也许其中就有不少的西汉作品呢!

到了东汉,因为五言诗在民间已经流传了若干年,所以这种体裁渐为盛行:如蔡邕之饮马长城窟行、翠鸟,秦嘉之留郡赠妇诗,张衡之同声歌,蔡琰之悲愤诗,辛延年之羽林郎,宋子侯之董娇娆……都是五言了。先有了西汉的无名氏的作品(古诗十九首中仅有一部分),再慢慢的酝酿,然后才有东汉这些诗;否则把五言诗作为在东汉突然产生,立即暴盛成熟的文学,也是不很合理吧?试就七言诗来看,由楚之骚赋,汉初之歌谣慢慢的演变,直到魏晋才完成;再就中国文学史上的事实来看,如唐代盛行的律诗绝句,唐宋取士的律赋,宋代大盛的词,明清以来盛行的白话小说,它们由酝酿至成熟的时间有如何的长久,便不会把古诗十九首认为后汉章、和以后或曹植、王粲等人的作品了吧?

附　参考近人著作篇目

五言诗发生时期之疑问　铃木虎雄 著　陈延杰 译　小说月报第十七卷第五号

五言诗起源问题　朱偰　东方杂志第二十三卷第二十号

五言诗发生时期的讨论　徐中舒　东方杂志第二十四卷第十八号

古诗十九首考　徐中舒　中大语言历史研究所周刊六集六十五期

再论五言诗的起源　朱偰　天津益世报学术周刊(民十八年四月)

汉诗研究　古直　上海启智书局出版

五言诗成立的时代问题　游国恩　武大文哲季刊一卷一期

五言诗起源问题丛说　张长弓　晨星月刊第一期

汉魏六朝文学　陈锺凡　上海商务印书馆出版

文心雕龙注　范文澜　北平文化学社出版

古诗十九首集释卷二　笺注

其　一

行行重行行，与君生别离。 张玉穀曰：“重行行，言行之不止也。”楚辞曰：“悲莫悲兮生别离。”张铣曰：“此诗意为忠臣遭佞人谗谮，见放逐也。”**相去万馀里，各在天一涯。** 涯音宜。广雅曰：“涯，方也。”六臣本校云：“善作一天涯。”胡克家文选考异曰：“李陵诗云‘各在天一隅’，苏武诗云‘各在天一方’，句例相似；恐‘一天’误倒。”**道路阻且长，会面安可知？** 毛诗曰：“溯洄从之，道阻且长。”陈祚明曰：“阻则难行，长则难至，是二意，故曰且。”薛综西京赋注曰：“安，焉也。”知，一作期。**胡马依北风，越鸟巢南枝。** 玉台新咏“依”作“嘶”。李善文选注引韩诗外传云：“诗曰，‘代马依北风，飞鸟栖故巢’，皆不忘本之谓也。”李周翰曰：“胡马出于北，越鸟来于南；依望北风，巢宿南枝，皆思旧国。”纪昀曰：“此以一南一北，申足‘各在天一涯’意，以起下相去之远，作‘依’为是。”又曰：“胡马二句，有两出处：一出韩诗外传，即善注所引不忘本之意也；一出吴越春秋，‘胡马依北风而立，越燕望海日而熙’，同类相亲之意也；皆与此诗意别。注家引彼解此，遂至文意窒碍。”孙志祖文选考异曰：“严羽诗话称玉台新咏以‘越鸟巢南枝'以下另为一首，然宋本玉台新咏实不另为一首。"**相去日已远，衣带日已缓**；古乐府歌曰："离家日趍远，衣带日趍缓。"说文曰："缓，绰也。"方廷珪曰："当别离之始，犹欲君之留己；若日远则日疏；忧能伤人，衣带遂日见其缓。"**浮云蔽白日，游子不顾反**。李善曰："浮云之蔽白日，以喻邪佞之毁忠良，故游子之行，不顾反也。文子曰，'日月欲明，浮云盖之'；陆贾新语曰，'邪臣之蔽贤，犹浮云之障日月'；古杨柳行曰，'谗邪害公正，浮云蔽白日'；义与此同也。"郑玄毛诗笺曰："顾，念也。"刘良曰："白日喻君也，浮云谓谗佞之臣也；言佞臣蔽君之明，使忠臣去而不返也。"王楙野客丛书曰："此祖离骚'云容容而在下，杳冥冥兮羌昼晦'之意。"**思君令人老，岁月忽已晚**。李周翰曰："思君谓恋主也。恐岁月已晚，不得效忠于君。"孙鑛曰："自小雅'维忧用老'变来。"**弃捐勿复道，努力加餐饭**。刘向战国策序："儒术之士，弃捐于世。"吕延济曰："勿复道，心不敢望返也；努力加餐饭，自逸之辞。"谭元春曰："人皆以此劝人，此似独以自劝，又高一格一想。"玉台新咏"餐"作"飧"，列此诗为枚乘杂诗第三。

陆时雍曰："一句一情，一情一转。'行行重行行'，衷何绻也。'与君生别离'，情何惨也。'相去日已远，衣带日已缓'，神何悴也。'浮云蔽白日，游子不顾返'，怨何温也。'弃捐无复道，努力加餐饭'，前为废食，今乃加餐，亦无奈而自宽云耳。'衣带日已缓'一语，韵甚。'浮云蔽白日'，意有所指，此诗人所为善怨。此诗含情之妙，不见其情；畜意之深，不知其意。"

陈祚明曰："用意曲尽，创语新警。"

邵长蘅曰："怨而不怒，见于加餐一结。忠信见疑，往往如此。"

姚鼐曰："此被谗之旨。"

方廷珪曰："此为忠人放逐，贤妇被弃，作不忘欲返之词。顿挫绵邈，真得风人之旨。"

董讷夫曰："正喻夹写，一气旋转，怨而不怒，有诗人忠厚之意焉，其放臣弃友所作与？盖不徒伤别之感也。"

张琦曰："此逐臣之辞。谗谄蔽明，方正不容，可以不顾返也；然其不忘欲返之心，拳拳不已，虽岁月已晚，犹努力加餐，冀幸君之悟而返已。"

其　二

青青河畔草，郁郁园中柳。李善曰："郁郁，茂盛也。"张铣曰："此喻人有盛才，事于暗主，故以妇人事夫之事托言之。言草柳者，当春盛时。"李因笃曰："起二句意彻全篇，盖闺情惟春独难遣也。"方廷珪曰："以物之及时，兴女之及时。"**盈盈楼上女，皎皎当窗牖。**李善曰："草生河畔，柳茂园中，以喻美人当窗牖也。广雅曰：'赢，容也。''盈'与'赢'同，古字通。"朱珔曰："广雅释训：'赢赢，容也。''赢'即释诂之'嬴'，好也。重言之则曰'嬴嬴'。郭璞注：方言，'嬴言嬴嬴也'。此与下'盈盈一水间'并同音假借字。"胡绍煐曰："'嬴'即'赢'之俗字，赢本从女，不应又加女旁。"吕向曰："皎皎，明也。"说文曰："牖，以木为交窗也。"段玉裁注曰："交窗者，以木横直为之，即今之窗也。在墙曰牖，在屋曰窗。”**娥娥红粉粧，纤纤出素手。**方言曰：“秦晋之间，美貌谓之娥。”说文曰：“粉，所以傅面者也。”徐锴注曰：“古傅面亦用米粉。又红染之为红粉。”粧，玉台新咏作“妆”，五臣作“装”。姜皋曰：“诗葛屦曰，‘掺掺女手，可以缝裳’，传曰，‘掺掺，犹孅孅也’。说文作‘攕’，好手貌，引诗曰‘攕攕女手’；其作‘掺’者，段氏玉裁以为非是。遵大路传：‘掺，擥也。’是掺字自有本义也。”**昔为倡家女，今为荡子妇；**说文曰：“倡，乐也。”李善曰：“谓作妓者。”列子曰：“有人去乡土游于四方而不归者，世谓之狂荡之人也。”初学记“昔为”作“自云”，“今”作“嫁”。**荡子行不归，空床难独守。**何焯曰：“梁邓鉴月夜闺中诗云，‘谁能当此夕，独宿类倡家’，可用以释此诗。”玉台新咏作枚乘第五。

严羽曰：“一连六句，皆用叠字，今人必以为句法重复之甚，古诗正不当以此论之也。”

陆时雍曰：“疏节亮音，浅浅寄言，深深道款。‘荡子行不归，空床难独守’，一语罄衷托出。”

陈祚明曰：“叠字生动；当窗出手，讽刺显然。”

方廷珪曰：“以女之有貌，比士之有才，见人当慎所与。”

其　三

青青陵上柏，磊磊礀中石；李善曰：“言长存也。”说文曰：“陵，大阜也。”字林曰：“磊磊，众石也。”正字通云：“礀与涧通。”说文曰：“涧，山夹水也。”**人生天地间，忽如远行客。**李善曰：

"言异松石也。"列子曰:"死人为归人,则生人为行人矣。"锺惺曰:"语达甚。"**斗酒相娱乐,聊厚不为薄。**郑玄毛诗笺曰:"聊,粗略之辞也。"方廷珪曰:"斗酒尽足适意,何必长筵?"**驱车策驽马,游戏宛与洛。**李善曰:"广雅曰,'驽,骀也',谓马迟钝者也。汉书南阳郡有宛县。洛,东都也。"案:南阳在洛京之南,汉时亦称南都。**洛中何郁郁,冠带自相索。**吕向曰:"郁郁,盛貌。"贾逵国语注曰:"索,求也。"方廷珪曰:"冠带,富贵之人。富贵人与富贵人为偶。此合下四句皆是游戏时所见。句眼在自字,各适其适。"**长衢罗夹巷,王侯多第宅。**张铣曰:"衢,四达之道,旁罗列小巷,巷中多王侯之宅。汉书高帝纪'为列侯者赐大第'注,孟康曰,'有甲乙次第,故曰第'。"**两宫遥相望,双阙百馀尺。**蔡质汉官典职曰:"南宫北宫,相去七里。"崔豹古今注曰:"阙,观也。古每门树两观于其前,所以标表宫门也。其上可居;登之则可远观,故谓之观。人臣将至此,则思其所阙,故谓之阙。"**极宴娱心意,戚戚何所迫。**李周翰曰:"言于此宫阙之间,乐其心意,则忧思何所相逼迫哉?戚戚,忧思也。"五臣"戚戚"作"蹙蹙"。

陆时雍曰:"物长人促,首四语言之可慨。'极宴娱心意,戚戚何所迫?'故为排荡,转入无聊之甚。"

孙鑛曰:"形容洛中富盛处,语不多而苍劲浓至,绝可玩味。鲍明远咏史从此来。"

陈祚明曰:"此失志之士,强用自慰也。"

李因笃曰:"宴娱在前,忧从中来。古惟达人多情,可与言此。”

姚鼐曰:“此忧乱之诗。”

其　四

今日良宴会,欢乐难具陈。毛苌诗传曰:“良,善也。”广韵曰:“具,备也。”毛苌诗传曰:“陈,犹说也。”**弹筝奋逸响,新声妙入神。**急就篇注曰:“筝,瑟类,本十二弦,今则十三。”刘良曰:“奋,起也。”刘履曰:“逸,纵奔之意。入神,言声音之妙,变化不测也。”**令德唱高言,识曲听其真。**李善曰:“广雅曰:‘高,上也。’谓辞之美者。真,犹正也。”吕延济曰:“令德,谓妙歌者;高言,高歌也。识曲,谓知音人听其真妙之声。”方廷珪曰:“高言,即是新声谱之歌曲者;令德,即富贵人之美德。”**齐心同所愿,含意俱未申。**李善曰:“所愿谓富贵也。”**人生寄一世,奄忽若飙尘;**方言曰:“奄,遽也。”说文曰:“飙,扶摇风也。”段注:“司马注庄子云‘上行风谓之扶摇’。释天云‘扶摇谓之猋’。郭云‘暴风从下上’。”张铣曰:“奄忽,疾也。风尘之起,终归于灭。”**何不策高足,先据要路津?**李善曰:“高,上也;亦谓逸足也。”吕向曰:“何不者,自勉劝之词也。策,进也。要路津,谓仕宦居要职者,亦如进高足据于要津,则人出入由之。”刘履曰:“津,济渡处。”沈德潜曰:“据要津,诡辞也,古人感愤语。”**无为守穷贱,轗轲长苦辛。**刘履曰:“轗轲,车行不利也,故人不得志亦谓之轗轲。”五臣“轗”作“坎”。锺惺曰:“欢宴未毕,忽作热中语,不平之甚。”张琦曰："后六语反言之而意益明。"

陆时雍曰："慷慨激昂。'何不策高足，先据要路津？无为守穷贱，轗轲长苦辛'，正是欲而不得。"

孙鑛曰："造语极古淡，然却有雅味，此等调最不易学。"

李因笃曰："与青青陵柏篇感寄略同，而厥怀弥愤。"

姚鼐曰："此似劝实讽，所谓谬悠其词也。"

其　五

西北有高楼，上与浮云齐；李善曰："此篇明高才之人，仕宦未达，知人者稀也。西北乾位，君之居也。"李周翰曰："此诗喻君暗而贤臣之言不用也。西北乾地，君位也。高楼言居高位也。浮云齐，言高也。"杨衒之洛阳伽蓝记以高阳王雍之楼即此诗所云之西北高楼，四库提要云，此"则未免固于说诗"。**交疏结绮窗，阿阁三重阶。**李善曰："薛综西京赋注曰，'疏，刻穿之也'。说文曰，'绮，文缯也'。此刻镂以象之。"案：后汉书梁冀列传"窗牖皆有绮疏青琐"，注曰"绮疏谓镂为绮文"，亦即李善所谓"刻镂象之"之意。故"交疏结绮窗"即谓镂木为窗，木条交错似绮文也。或作文缯结于窗棂之上解；或云交疏即檐前铁网；疑俱非是。李善曰："尚书中候曰，'昔黄帝轩辕，凤皇巢阿阁'。周书曰，'明堂咸有四阿'。然则阁有四阿，谓之阿阁。郑玄周礼注曰，'四阿，若今四注者也'。薛综西京赋注曰，'殿前三阶也'。"**上有弦歌声，音响一何悲？**张铣曰："言楼上有弦歌亡国之音，一何悲也。谓不用贤,近不肖,而国将危亡,故悲之也。”**谁能为此曲,无乃杞梁妻?**琴操曰:“杞梁妻叹者,齐邑杞梁殖之妻所作也。殖死,妻叹曰:‘上则无父,中则无夫,下则无子,将何以立吾节,亦死而已!’援琴而鼓之,曲终,遂自投淄水而死。”何焯曰:“水经注引琴操曰,‘殖死,妻援琴作歌曰,悲莫悲兮生别离,乐莫乐兮新相知’。”张云璈曰:“崔豹古今注云,乐府杞梁妻者,杞殖妻妹朝日之所作。殖战死,妻曰:‘上则无父,中则无夫,下则无子,人生之苦至矣!’乃抗声长哭,杞都城感之而颓,遂投水死。其妹悲姊之贞操,乃作歌名曰杞梁妻。梁,殖字也。据此则作歌者乃杞梁妻妹,非梁妻也。观其命名,当以崔说为是。”**清商随风发,中曲正徘徊;**宋玉笛赋曰:“吟清商,追流徵。”刘履曰:“商,金行之声,稍清,有伤之义焉。徘徊,舒迟旋转之意。”**一弹再三叹,慷慨有馀哀。**说文曰:“叹,太息也。”又曰:“慷慨,壮士不得志于心也。”**不惜歌者苦,但伤知音稀。**贾逵国语注曰:“惜,痛也。”吕向曰:“不惜歌者苦,谓臣不惜忠谏之苦,但伤君王不知也。”方东树曰:“二句溢出本意,此昔人所谓笔墨流珠处也。”**愿为双鸣鹤,奋翅起高飞。**“鸣鹤”五臣及玉台新咏均作“鸿鹄”,胡绍煐云:“当作‘鸿鹄’,苏子卿古诗云‘愿为双鸿鹄’句同。此因‘鹄’古通‘鹤’,或本作‘鸿鹤’,后人遂改‘鸿’为‘鸣’耳。”广雅曰:“高,远也。”刘良曰:“君既不用计,不听言,不忍见此危亡,愿为此鸟高飞于四海也。”玉台新咏作枚乘第一。

陆时雍曰:“抚衷徘徊,四顾无侣,‘不惜歌者苦,但伤知音希’;‘愿为双鸿鹄,奋翅起高飞’,空中送情,知向谁是?言之令人悱恻。”

孙鑛曰:“叙事有次第,首尾完净,思员而调响,苍古中有疏快,绝堪讽咏。”

陈祚明曰:“伤知音稀,亦与‘识曲听其真’同慨,二诗意相类。”

姚鼐曰:“此伤知己之难遇,思远引而去。”

其　六

涉江采芙蓉,兰泽多芳草;尔雅曰:“荷,芙蕖。”郭注云:“别名芙蓉,江东呼荷。”毛诗山有扶苏郑玄笺曰:“未开曰菡萏,已发曰芙蕖。”本草拾遗:“兰草生泽畔。”陈柱曰:“二句谓涉江原欲采芙蓉,而涉江之后,且有兰泽,内又多芳草也。”**采之欲遗谁?所思在远道。**楚辞曰:“折芳馨兮遗所思。”吴闿生曰:“远道即指旧乡,盖思归之作也,而笔情甚曲。”**还顾望旧乡,长路漫浩浩。**郑玄毛诗笺曰:“回首曰顾。”闻人倓云:“漫漫,路长貌。浩浩,无穷尽也。”方廷珪曰:“欲遗又远莫致。”**同心而离居,忧伤以终老。**吕向曰:“同心谓友人也。”陈祚明曰:“望旧乡,属远道人;忧伤终老,彼此共之。”玉台新咏作枚乘第四。

陆时雍曰:“落落语致,绵绵情绪,‘同心而离居,忧伤以终老’,‘怅望何所言,临风送怀抱’。‘此物何足贵,但感别经时’,一语罄衷,最为简会。”

李因笃曰:“思友怀乡,寄情兰芷,离骚数千言,括之略尽。”

张琦曰:“离骚滋兰树蕙之旨。”

其　七

明月皎夜光,促织鸣东壁;春秋考异邮曰:“立秋趣织鸣。”宋均曰:“趣织,蟋蟀也。立秋女功急,故趣之。”“促”字古亦作“趣”。**玉衡指孟冬,众星何历历?**春秋运斗枢曰:“斗第一天枢,第二旋,第三玑,第四权,第五衡,第六开阳,第七摇光。第一至第四为魁,第五至第七为杓,合而为斗。”文耀钩曰:“玉衡属杓,魁为璇玑。”故言璇玑可代魁,言玉衡可代杓,言招摇亦可代杓也。“玉衡指孟冬”,犹言“杓指孟冬”,李周翰曰:“玉衡,斗柄。”是也。古人以十二天干分十二方位,建四时则以斗柄所指之方位定之。淮南子时则训言之颇详。汉太初以前,以十月为岁首,为建亥历;太初以前之孟冬十月,即夏历之孟秋七月也。李善注曰:“上云促织,下云秋蝉,明是汉之孟冬,非夏之孟冬矣。汉书曰,‘高祖十月至霸上,故以十月为岁首’。汉之孟冬,今之七月矣。”是也。善注引淮南子“孟秋之月,招摇指申”,此言诗中“玉衡指孟冬”,即系指申;申,西方也。刘履曰:“历历,远布之貌。”**白露沾野草,时节忽复易。**礼记曰:“孟秋之月,白露降。”**秋蝉鸣树间,玄鸟逝安适?**礼记曰:“孟秋寒蝉鸣”。又曰:“仲秋之月,玄鸟归。”郑玄曰:“玄鸟,燕也。”刘履曰:“逝,往也。”张铣曰:“安,何也。言燕往何之,怪叹节气速迁之意。”吕氏春秋高诱注:“适,之也。”李善曰:“复云秋蝉玄鸟者,此明实候,故以夏正言之。”何焯曰:“自比如秋蝉之悲吟也。”**昔我同门友,高举振六翮;**易兑卦曰:“君子以朋友讲习。"疏曰:"同门曰朋。"战国策:"奋六翮而凌清风。"刘履曰:"振,奋也。翮,鸟之劲羽。凡鸟之善飞者,皆有六翮。"**不念携手好,弃我如遗迹。**毛诗曰:"惠而好我,携手同车。"国语楚鬭且语其弟曰:"灵王不顾于民,一国弃之如遗迹焉。"李周翰曰:"不念携手同游之好,相弃如遗行足之迹,不回顾也。"**南箕北有斗,牵牛不负轭。**李善曰:"言有名而无实也。毛诗曰:'维南有箕,不可以簸扬;维北有斗,不可以挹酒浆。''睆彼牵牛,不以服箱。'"周礼考工记辀人衡任注:"衡任谓两轭之间也。"疏:"服马有二,一马有一轭。轭者,厄马颈不得出也。"**良无盘石固,虚名复何益?**李善曰:"良,信也。"声类曰:"盘,大石也。"五臣"盘"作"磐"。吕延济曰:"言其心不能固如磐石,虚有朋友之名,复何益也?"

陆时雍曰:"讽而不诽。"

锺惺曰:"此首'明月皎夜光'八句为一段,'昔我同门友'四句为一段,'南箕北有斗'四句为一段,似各不相蒙,而可以相接。历落颠倒,意法外别有神理。"

陈祚明曰:"古诗妙在章法转变,落落然若上下不相属者,其用意善藏也。贫贱失志,慨友人之不援;而前段只写景,萧条满目,失志人尤易感也。秋蝉二句,微寓兴意:寒苦者留,就暖者去。此段以不言情,故若与下不属。玉衡众星,赋也。箕斗牵牛,比也。各不同而故杂用列宿,如相应者然。"

李因笃曰:"俯仰寥阔,忧从中来。感时序之易移,悲草虫之多变,而故交天上,远者日疏,星汉悠悠,修名自悼。其大指如此。"

邵长蘅曰:"二诗皆为朋友离居之感:前是同心之思,此多遗弃之感,同门友三字明点。"

方廷珪曰:"此刺富贵之士,忘贫贱旧交而作。"

其　八

冉冉孤生竹,结根泰山阿;说文曰:"冉,毛冉冉也。"段注:"冉冉者,柔弱下垂之貌。姌取弱意。凡言冉言姌,皆谓弱。"王念孙曰:"泰山当为大山。"楚辞"若有人兮山之阿",王逸注曰:"阿,曲隅也。"李善曰:"竹结根于山阿,喻妇人托身于君子也。"**与君为新婚,兔丝附女萝。**尔雅曰:"唐蒙,女萝;女萝,菟丝。"又曰:"蒙,玉女。"毛苌诗传曰:"女萝、菟丝,松萝也。"据此则六名一物,菟丝即女萝也。本草曰:"菟丝一名菟芦,一名菟缕,一名唐蒙,一名玉女。"不言女萝,而于木部别出"松萝,一名女萝"。经典释文曰:"在田曰菟丝,在水曰松萝。"是则以菟丝女罗为二物也。吴仁杰离骚草木疏曰:"尔雅以女萝兔丝为一物,本草以为二物。古诗'与君为新婚,兔丝附女萝';李太白诗'君为女萝草,妾作兔丝华',二诗皆用本草之说。"胡怀琛曰:"李善谓女萝与兔丝为二草(案:选注"古今方俗,名草不同,然是异草,故曰附也"),诚然。其说与本草纲目正同。然释'附'字,语殊不明了。窃以为应云'女萝附乔木'。然萝字系用韵,故如此云云。意谓兔丝附女萝,因以间接得附于乔木焉。盖女萝亦不能独立,必须攀附他物者,何得为兔丝所附?必解作'兔丝因女萝间接附乔木'始可。然古诗如此云云，终有语病。”案：兔丝属旋花科，无叶绿质，茎细长，略黄，常缠绕于他植物上，夏季开淡红色小花，叶退化为鳞片。女萝则为地衣类植物，全体为无数细枝，状如线，长数尺，黄绿色。以为一物，非是。方廷珪曰：“此为新婚只是媒妁成言之始，非嫁时也。”**兔丝生有时，夫妇会有宜。**苍颉篇曰：“宜，得其所也。”方廷珪曰：“兔丝及时而生，夫妇亦及时而会。”**千里远结婚，悠悠隔山陂。**说文曰：“陂，阪也。”**思君令人老，轩车来何迟？**杜预左传注：“轩，大夫车。”服虔曰：“车有藩曰轩。”**伤彼蕙兰花，含英扬光辉；**尔雅翼曰：“一干一花而香有馀者兰，一干数花而香不足者蕙。”毛苌诗传曰：“英，犹华也。”尔雅曰：“荣而不实者谓之英。”李周翰曰：“此妇人喻己盛颜之时。”**过时而不采，将随秋草萎。**刘良曰：“萎，落也。言蕙兰过时不采，乃随秋草落矣；喻夫之不来，亦恐如此草之衰也。”陈沆曰：“楚辞‘惟草木之零落兮，恐美人之迟暮’，‘过时不采，将随草萎’之谓也。”**君亮执高节，贱妾亦何为？**尔雅曰：“亮，信也。”闻人倓曰：“言君来虽迟，亮非不执高节者，则贱妾亦何为而不执高节耶？”文选范云古意诗注引此作“拟何为”。文心雕龙为傅毅作。郭茂倩乐府诗集收入杂曲歌辞，题曰冉冉孤生竹。

陆时雍曰：“情何婉娈，语何凄其！”

谭元春曰：“全不疑其薄，相思中极敦厚之言，然愁苦在此。”

陈祚明曰：“此望录于君之辞，不敢有诀绝怨恨语，用意忠厚。”

李因笃曰：“每读此，有超然独立，抚壮及时之感，而终之曰‘君亮执高节，贱妾亦何为’，可谓发乎情止乎礼矣；正与躁进者痛加针砭。”

方廷珪曰：“按古人多以朋友托之夫妇，盖皆是以人合者。首二句喻以卑自托于尊，次二句喻情好之笃，中六句因汲引不至而怪之，后四句见士之怀才当以时举，末则深致其望之词。大意是为有成言于始，相负于后者而发。”

其　九

庭中有奇树，绿叶发华滋。“中”五臣及玉台新咏均作“前”。蔡质汉官典职曰：“宫中种嘉木奇树。”说文曰：“华，荣也。”答宾戏曰：“得气者繁滋。”**攀条折其荣，将以遗所思。**尔雅曰：“木谓之华，草谓之荣。”案：荣、华亦通名，如月令“鞠有黄华”“木堇荣”是也。此诗上云“奇树”，此“荣”即“华”也。**馨香盈怀袖，路远莫致之。**王逸楚辞注曰：“在衣曰怀。”即谓襟抱之间也。说文曰：“致，送诣也。”**此物何足贡，但感别经时。**“贡”五臣作“贵”，玉台新咏同。贾逵国语注曰：“贡，献也。”玉台新咏作枚乘第七。

陆时雍曰：“末二语无聊自解，眷眷申情。”

谭元春曰：“气质从三百篇炼来。”

孙鑛曰：“与涉江采芙蓉同格，独‘盈怀袖’一句意新，复应以‘别经时’，视彼较快，然冲味微减。”

陈祚明曰：“此亦望录于君。馨香以比己之才能，摩厉以须，特伤弃远。末又谦言不足采择。然惓惓之念，不能忘耳。古诗之佳，全在语有含蓄，若究其本指，则别离必无会时，弃捐定已决绝，怀抱实足贵重，而君不我知，此怨极切；乃必冀幸于必不可知之遇，揣君恩之未薄，谦才能之未优，盖立言之体应尔。言情不尽，其情乃长，此风雅温柔敦厚之遗。就其言而反思之，乃穷本旨，所谓怨而不怒。浅夫尽言，索然无馀味矣。”

邵长蘅曰：“与涉江采芙蓉首意同。而前曰‘望乡’，此称‘路远’，有行者居者之别。”

方廷珪曰：“此篇是交而不忘远者，诗意自明。”

其　十

迢迢牵牛星，皎皎河汉女。吕延济曰：“迢迢，远貌。”焦林大斗记曰：“天河之西，有星煌煌，与参俱出，谓之牵牛。天河之东，有星微微，在氐之下，谓之织女。”毛苌诗传曰：“河汉，天河也。”丁福保曰：“迢迢，宋刻玉台作‘苕苕’，全书皆然。按古诗，‘迢迢牵牛星’，吕延济注曰，‘迢迢，远貌’；张衡西京赋，‘干云雾而上远，状亭亭以苕苕’，李善注曰，‘亭亭苕苕，高貌’。然则‘迢’‘苕’迥别，混而一之，非是，不得以古字假借为词。”**纤纤擢素手，札札弄机杼。**张铣曰：“擢，举也。札札，机杼声。”说文曰：“杼，机之持纬者。”方廷珪曰：“擢素手，喻质之美；弄机杼，喻才之美。”**终日不成章，泣涕零如雨。**毛诗：“跂彼织女，终日七襄；虽则七襄，不成报章。”孔疏曰：“言虽则终日历七辰，有西而无东，不成织法报反之文章也。言织之用纬一来一去，是报反成章；今织女之星，驾则有西而无东，不见倒反，是有名无成也。”陈祚明曰：“不成章，‘不盈顷筐’之意。”方廷珪曰：“心有所思，故不成章，是有才而不能展其才。”**河汉清且浅，相去复几许？**周密癸辛杂识前集曰：“以星历考之，牵牛去织女隔银河七十二度。”**盈盈一水间，脉脉不得语。**盈盈，水貌。“脉脉”五臣作“脈脈”。李善注曰：“尔雅曰：‘脉，相视也。’郭璞曰：‘脉脉，谓相视貌也。’”（今尔雅“脉”作“覛”，无郭注。）何焯曰：“脉当从见，从目亦可通，从月则乖其义。广韵嗼字下笺引此作‘嗼嗼不得语’。”案：脈与覛音义同，可通用。脈则与衇同字，说文曰“血理分衺行体中者”，与䀡覛义异。脉为脈之俗体，讹“反永”之“𠂢”为“永”矣。诗意依善注为相视之貌，则作脉作脈，均系“䀡”之讹也。广韵引此作嗼嗼。嗼，嗼然无声也，与脈脈意又不同。苕溪渔隐丛话引复斋漫录作“默默不得语”。默默，犹嗼嗼也，义较脈脈为长。玉台新咏作枚乘第八。

陆时雍曰：“末二语就事微挑，追情妙绘，绝不费思一点。”

孙鑛曰：“全是演毛诗语，末四句直截痛快，振起全首精神，然亦是河广脱胎来。”

李因笃曰：“写无情之星，如人间好合绸缪，语语认真，语语神化，直追南雅矣。”

姚鼐曰：“此近臣不得志之作。”

方廷珪曰：“篇中以牵牛喻君，以织女喻臣。臣近君而不见亲于君，由无人为之左右，故托为女望牛之情。水待舟以渡，犹上待友以获；否则地虽近君，终归疏远，即诗人‘卬须我友’之义。”

张琦曰:“忠臣见疏于君之辞。”

其十一

回车驾言迈,悠悠涉长道。毛诗曰:“驾言出游。”言,语中助词,无义。说文曰:“迈,远行也。”毛诗曰:“驱马悠悠。”传曰:“悠悠,远貌。”刘履曰:“涉,犹历也。”**四顾何茫茫,东风摇百草。**王逸楚辞注曰:“茫茫,草木弥远容貌盛也。”锺惺曰:“写得旷而悲,不必读下文矣。”**所遇无故物,焉得不速老?**吕向曰:“言物皆去故而就新,人何得不速衰老?”世说新语曰:“王孝伯在京行散,至其弟王睹户侧,问古诗何句为佳?睹思未答。孝伯咏‘所遇无故物,焉得不速老?’此句为佳。”**盛衰各有时,立身苦不早。**张铣曰:“恐盛时将迁而立身不早。立身谓立功立事。”**人生非金石,岂能长寿考?奄忽随物化,荣名以为宝。**李善曰:“化,谓变化而死也。不忍斥言其死,故言随物而化也。庄子曰:‘圣人之生也天行,其死也物化。’”李周翰曰:“奄忽,疾也。人非金石,将疾随万物同为化灭矣。将求荣名以为宝贵,扬名于后世,亦为美也。”何焯曰:“荣名,以名之不朽为荣也。谚曰:‘人貌荣名。’”

陆时雍曰:“王元美尝论此诗云‘奄忽随物化,荣名以为宝’,不得已而托之名;‘千秋万岁后,荣名安所之?’名亦无归矣!又不得已而归之酒,曰‘不如饮美酒,被服纨与素’;至于被服纨素,其趣愈卑,而其情益可悯矣!‘所遇无故物,焉得不速老?’语素而老。”

谭元春曰:“予尝言‘使我有千秋名,不如即时一杯酒’,语近粗荡,使酣放无志人借口。请看‘荣名以为宝’,宝字响往何如郑重!”

陈祚明曰:“慨得志之无时,河清难俟,不得已而托之身后之名。名与身孰亲? 悲夫! 古今唯此失志之感,不得已而托之名,托之神仙,托之饮酒;惟知道者,可以冥忘;有所托以自解者,其不解弥深。”

李因笃曰:“与冉冉孤生竹篇意略同,但彼结出正意,此则转为愤词尔。”

其十二

东城高且长,逶迤自相属。说文曰:“逶迤,衺去貌。”王逸楚辞注曰:“逶迤,长貌也。”说文曰:“属,连也。”方廷珪曰:“就所历之地起兴。”**回风动地起,秋草萋已绿。**吕向曰:“回风,长风也。”陈柱曰:“萋通作凄,秋草凄已绿,则绿意已凄,其绿不可久矣。”已一作以。**四时更变化,岁暮一何速? 晨风怀苦心,蟋蟀伤局促。**毛诗序曰:“晨风刺康公忘穆公之业,弃贤臣也。”诗曰:“鴥彼晨风,郁彼北林,未见君子,忧心钦钦。”毛传曰:“晨风,鹯也。”苍颉篇曰:“怀,抱也。”毛诗序曰:“蟋蟀,刺晋僖公俭不中礼也。”史记灌夫列传曰:“局促效辕下驹。”**荡涤放情志,何为自结束?** 东都赋曰:“因造化之荡涤。”吕向注曰:“荡涤,犹除也。”方廷珪曰:“结束犹拘束。放情志谓将百忧除去，起下思为燕赵之游。”张凤翼文选纂注曰：“此以上是一首，下燕赵另一首，因韵同故误为一耳。”纪昀曰：“此下乃无聊而托之游冶，即所谓‘荡涤放情志’也。陆士衡所拟可以互证。张本以臆变乱，不足为据。”吴汝纶曰：“玉台、文选皆作一篇，燕赵以下乃承‘荡涤放情志’为文；而音响二句，又所以终苦心局促之旨也。”**燕赵多佳人，美者颜如玉。**李善曰：“燕赵二国名也。”何焯曰：“燕赵一作赵燕。”**被服罗裳衣，当户理清曲。**如淳汉书注曰：“今乐家五日一习乐，为理乐也。”**音响一何悲！弦急知柱促。**张玉穀曰：“弦急柱促指瑟言。弦急由于柱促也。”**驰情整中带，沉吟聊踯躅。**李善曰：“中带，中衣带。整带将欲从之。”案：“中”五臣作“巾”。纪昀曰：“仪礼有中带，郑注‘中带若今之禅襂’，则作‘巾’为误。”说文曰：“踯躅，住足也”；与“蹢躅”同。**思为双飞燕，衔泥巢君屋。**玉台新咏作枚乘第二。

陆时雍曰：“景驶年摧，牢落莫偶，所以托念佳人。衔泥巢屋，是则荡情放志之所为矣。局足不伸，只以自苦，百年有尽，无谓也。‘思为双飞燕，衔泥巢君屋’，驰情几往，敛襟怃然，语最贵美，至闲情则滥矣。故同言异致。诗之所用，端在此耳。”

陈祚明曰：“怀才未遇，而无缘以通，时序迁流，河清难俟。飞燕营巢，言但得厕身华堂足矣。其所望必且登之细旃，坐而论道，三沐而升，九宾而礼，方遂本怀；而仅言衔泥巢屋者，此亦言情不尽也。”

董讷夫曰：“言岁月易逝，劳苦何为？不如及时行乐，即山有枢之意也。"

其十三

驱车上东门，遥望郭北墓。李善文选阮籍咏怀诗注引河南郡图经云："东有三门，最北头曰上东门。"朱珔曰："李善注引风俗通曰：'葬于郭北，北首，求诸幽之道也。'案：诗所言非泛指，盖洛阳北门外有邙山，冢墓多在焉。则此即谓北邙之墓矣。"又曰："上东门乃洛阳之门，长安东面三门，见水经注，无上东门之名。"据此，善注谓古诗"辞兼东都"，是矣。**白杨何萧萧！松柏夹广路。**白虎通曰："庶人无坟，树以杨柳。"白杨叶圆如杏，有钝锯齿，面青背白，叶柄长，故易摇动，虽遇微风，其叶亦动，声萧瑟，殊悲惨。仲长统昌言曰："古之葬者，松柏梧桐，以识其坟也。"**下有陈死人，杳杳即长暮。**庄子曰："人而无人道，是之谓陈人也。"郭象曰："陈，久也。"吕向曰："杳杳，幽暗也。即，就也。长暮谓暮中长暗也。"**潜寐黄泉下，千载永不寤。**"潜寐"五臣本作"寐潜"。服虔左氏传注曰："天玄地黄，泉在地中，故言黄泉。"张铣曰："寤，觉也。"**浩浩阴阳移，年命如朝露。**神农本草曰："春夏为阳，秋冬为阴。"庄子曰："阴阳四时运行。"李周翰曰："浩浩，流貌。阴阳流转，人命如朝露之易干。"**人生忽如寄，寿无金石固。万岁更相送，圣贤莫能度。**吕延济曰："万岁谓自古也。自古于今，而生者送死，更递为之。虽贤圣不能度越此分也。"玉篇曰："度与渡通，过也。"**服食求神仙，多为药所误。**服，饮药也。

古今注曰："淮南服食求仙，遍礼方士。"**不如饮美酒，被服纨与素。**刘履曰："被服，衣之也。"说文曰："纨，素也。"又曰："素，白致缯也。"朱骏声说文通训定声曰："白致缯，今之细生绢也；素者绢之大名，纨则其细者。"郭茂倩乐府诗集收入杂歌谣辞，题作驱车上东门行。

陆时雍曰："汉人诗多含情不露。"

孙鑛曰："口头语，炼得妙，只一直说去，更无曲折，然却感动人，其佳处乃在唤得醒，点得透。"

陈祚明曰："此诗感慨激切甚矣，然通篇不露正意一字。盖其意所愿，据要路，树功名，光旂常，颂竹帛，而度不可得，年命甚促，今生已矣，转瞬与泉下人等耳。神仙不可至，不如放意娱乐，勿复念此；其无复念此者，正不能不念也。夫饮酒被纨素，果遂足乐乎？与'极宴娱心意'，'荣名以为宝'，同一旨；妙在全不出正意，故佳。愈淋漓，愈含蓄。"

姚鼐曰："此亦忧乱之诗，小雅苕华之旨。"

董讷夫曰："因墓中之人，而思人生如寄，神仙皆妄，不如饮酒被服，以乐馀生。虽以自遣，而忧益迫矣。"

其十四

去者日以疏，来者日以亲。两"以"字五臣均作"已"。"来"李善作"生"。吕氏春秋曰："死者弥久，生者弥疏。"李周翰曰："去者谓死也，来者谓生也。不见容貌，故疏也。欢爱终日，故亲也。"**出郭门直视，但见丘与坟。古墓犁为田，松柏摧为薪。**

汉书注曰:“犁,耕也。”说文曰:“摧,折也。”**白杨多悲风,萧萧愁杀人。思还故里闾,欲归道无因。**说文曰:“里,居也。”又曰:“闾,里门也。”陈柱曰:“‘还’与‘环’通,谓愁思环绕故里,而无因得归也。若‘思还’作‘思归’解,则与下句‘欲归’复矣。”

陆时雍曰:“失意悠悠,不觉百感俱集。羁旅廓落,怀此首丘。若富贵而思故乡,不若是之语悴而情悲也。此诗其来无端,其止无尾。‘去者日以疏,来者日以亲’,语特感伤。‘白杨多悲风,萧萧愁杀人’,可补骚馀未尽。”

孙鑛曰:“大旨与前首同。起二句奇绝;为田为薪,所感更新;白杨两语,有无限悲哀,调更浑妙。”

李因笃曰:“生仍冀归桑梓,班定远亦求入玉关,触目怵心,都感此意。”又曰:“与上篇所触正同,彼欲聊遣,此则思归,又换出一意也。”

张琦曰:“忠臣去国怀君,不能遽绝,故欲归里闾;而托之道无因者,离骚马局顾而不行之义也。”

其十五

生年不满百,常怀千岁忧。昼短苦夜长,何不秉烛游。刘良曰:“秉,执也。”**为乐当及时,何能待来兹?**吕氏春秋曰:“今兹美禾,来兹美麦。”高诱曰:“兹,年也。”鹤林玉露补遗云:“公羊传‘诸侯有疾曰负兹’。注,‘兹,新生草也’。一年草生一番,故以兹为年。”**愚者爱惜费,但为后世嗤。**说文曰:“嗤,笑也。"**仙人王子乔，难可与等期。**"仙"，李善或本作"山"。列仙传曰："王子乔者，周灵王太子晋也。好吹笙，作凤鸣。道人浮丘公接以上嵩山。""与"五臣作"以"。吕向曰："难可与之同为不死也。"

陆时雍曰："起四句名语创获，末二句将前意一喷再醒。'为乐当及时，何能待来兹'，念此已是抚然；至读'少年不努力，老大徒伤悲'，益嗟叹自失；乃知此言无不可感。"

邵长蘅曰："'多为药所误'，为一种人言之；'惜费'，又为一种人言之。"

方廷珪曰："直以一杯冷水，浇财奴之背。"

董讷夫曰："立意旷达，足以唤醒醉梦。"

其十六

凛凛岁云暮，蝼蛄夕鸣悲。"凛"一作"癛"。说文曰："凛，寒也。"方言曰："南楚或谓蝼蛄为蝼。"广雅曰："蝼蛄，蛄也。"据此则此名可分可合。郝懿行曰："今顺天人呼拉拉古，亦蝼蛄之声相转耳。蝼蛄翅短，不能远飞，黄色四足，头如狗头，俗呼土狗，即杜狗也。尤喜夜鸣，声如蚯蚓，喜就灯光。"五臣及玉台新咏"夕"均作"多"。丁福保云："夕字与下文'独宿累长夜'相应，似胜于多字。然何溪汶竹庄诗话载此诗亦作多字，则宋本玉台实作多，不作夕。""鸣悲"一作"悲鸣"。**凉风率已厉，游子寒无衣。**礼记曰："孟秋之月，凉风至。"刘履曰："率，皆也。"杜预左氏传注曰："厉，猛也。"**锦衾遗洛浦，同袍与我违。**说文曰："浦，水滨也。"张衡赋曰:"召洛浦之宓妃。"毛诗曰:"与子同袍。"吕延济曰:"遗,与也。洛浦宓妃,喻美人也。同袍,谓夫妇也。言锦被赠与美人,而同袍之情,与我相违也。"**独宿累长夜,梦想见容辉。**说文曰:"累,增也。"玉台新咏"辉"作"晖",又作"煇"。**良人惟古欢,枉驾惠前绥。**刘熙曰:"妇人称夫曰良人。"刘履曰:"惟,思也。"尔雅曰:"古,故也。"李周翰曰:"惠,授也。"绥,挽以上车之索也。礼记曰:"婿出御妇车,而婿授绥,御轮三周。"李善曰:"良人念昔之欢爱,故枉驾而迎己,惠以前绥,欲令升车也,故下云携手同车。"方廷珪曰:"以下皆梦中之景,写得迷迷离离。"**愿得常巧笑,携手同车归。**"常"玉台新咏作"长"。**既来不须臾,又不处重闱。**李善曰:"楚辞曰,'何须臾而忘反'。"胡绍煐曰:"须臾犹逍遥,善引楚辞意同,不作俄顷解。"尔雅曰:"宫中之门谓之闱。"张铣曰:"闱,闺门也。"**亮无晨风翼,焉能凌风飞?**"晨"玉台新咏作"鷐"。晨风,鹯也,已见前。"凌"五臣作"陵"。刘良曰:"亮,信也。信无此鸟疾翼,何能陵风而飞以随夫去。"**眄睐以适意,引领遥相晞。**吕延济曰:"眄睐,邪视也。言邪视以宽适其意。引领,远相望也。晞,望也。"陈祚明曰:"眄睐以适意,犹言远望可以当归,无聊之极思也。"胡克家文选考异曰:"六臣本校云'善无此二句',此或尤本校添,但依文义,恐不当有。"**徙倚怀感伤,垂涕沾双扉。**楚辞哀时命曰"独徙倚而彷徉",王逸注曰"徙倚犹低佪也"。广韵曰:"沾,湿也。"李周翰曰:"扉,门扇也。"

陆时雍曰:"此篇直而不倨,以含情未罄。"

陈祚明曰:"此诗言之尽矣,但良人之寡情,于言外见之,曾未斥言也。”

李因笃曰：“空闺思归，曲尽其情。”

方廷珪曰：“此篇见人不可忘旧姻。推之弃妇思夫，逐臣思君，同此心胸眼泪。哀而不伤，怨而不怒，和厚直追三百篇。”

张琦曰：“此思友之辞。”

其十七

孟冬寒气至，北风何惨栗？李善曰：“毛诗曰‘二之日栗冽’，毛苌曰‘栗冽，寒气也’。”胡绍煐曰：“依注则正文当作‘栗冽’，与‘列’‘缺’‘灭’‘察’韵，作‘惨栗’非。”姚范曰：“‘玉衡指孟冬’，当作于太初以前；‘孟冬寒气至’，则武帝后诗耶？”**愁多知夜长，仰观众星列。**吕向曰：“愁多不眠，故知夜长。列，罗列也。”**三五明月满，四五詹兔缺。**三五，十五日也。四五，二十日也。五臣“詹”作“蟾”。张衡灵宪曰：“月者阴精之宗，积而成兽，象兔。羿请无死之药于西王母，姮娥窃之以奔月，遂托身于月，是为蟾蜍。”楚辞天问曰：“夜光何德，死则又育？厥利维何？而顾菟在腹？”蟾蜍，虾蟆之一种，诗中“詹兔”指月。蟾，俗字。**客从远方来，遗我一书札。**说文曰：“札，牒也。”李因笃曰：“‘客从远方来’以下，清夜追思往事也。必如此看，下文始安，而上一段亦有着落。”**上言长相思，下言久别离。**李周翰曰：“上谓书初首，下谓书末后。”**置书怀袖中，三岁字不灭；一心抱区区，惧君不识察。**广雅曰：“区区，爱也。”

陆时雍曰："末四语，古人深于造情。善造情者，如身履其境而有其事，古人所以善于立言。"

李因笃曰："索居之苦，良友之思，郁郁绵绵，相迫而出，笔端自具造物矣。"

张琦曰："一书之后，旷邈三岁，在远者或忘之，岂知区区之心，宝爱珍重如此？故曰'惧君不识察'。不言怨，深于怨矣。"

其十八

客从远方来，遗我一端绮。左传昭二十六年传注曰："二丈为一端，二端为一两，所谓匹也。"**相去万馀里，故人心尚尔。**郑玄毛诗笺曰："尚，犹也。"六书故曰："尔者，如是之合言。"刘良曰："相与虽远，故心尚尔然也。"**文彩双鸳鸯，裁为合欢被。**毛苌诗传曰："鸳鸯，匹鸟也。"吕延济曰："绮上文彩为鸳鸯文，合欢被以取同欢之意。"**著以长相思，缘以结不解。**郑玄仪礼注曰："著，谓充之以絮也。"又礼记注曰："缘，边饰也。"赵德麟侯鲭录云："文选古诗云：'著以长相思，缘以结不解。'注：'被中著绵谓之长相思，绵绵之意；缘，被四边，缀以丝缕，结而不解之意。'余得一古被，四边有缘，真此意也。著谓充以絮。"**以胶投漆中，谁能别离此。**吕向曰："以胶和漆，坚而不别也。"

陆时雍曰："极缠绵之致。"

李因笃曰："从'永以为好'意，写出如许浓至。"

方廷珪曰："见朋友不以远近易心。"

其十九

明月何皎皎，照我罗床帏。张铣曰："罗绮为帏，故曰罗床帏。""床"一作"裳"。**忧愁不能寐，揽衣起徘徊。**说文曰："擥，撮持也。""揽"与"擥"同。**客行虽云乐，不如早旋归。**"客行"，玉台新咏作"行客"。陈祚明曰："客行有何乐？故言乐者，言虽乐亦不如归，况不乐乎？"**出户独彷徨，愁思当告谁？**毛诗序曰："彷徨不忍去。"**引领还入房，泪下沾裳衣。**"泪下"五臣作"下泪"。孙志祖文选考异曰："按，魏文帝燕歌行注作'衣裳'，谢玄晖休沐重还道中、江文通望荆山诗注并同。何云'衣'字合本韵，注偶倒耳。"玉台新咏作枚乘第九。

陆时雍曰："隐隐衷，淡淡语，读之寂历自恢。"

方廷珪曰："为久客思归而作。凡商贾仕宦，俱可以类相求。"

吴闿生曰："此亦感慨不得意之作。思归，托辞耳。"

附　参考书目

文选李善注
文选六臣集注
风雅翼刘履撰
文选纂注张凤翼撰
文选瀹注闵齐华撰孙鑛评
义门读书记何焯撰
文选音义余萧客撰
文选理学权舆汪师韩撰孙志祖补

文选考异胡克家撰

文选旁证梁章钜撰

文选集成方廷珪撰

文选集释朱珔撰

古诗归锺惺谭元春撰

采菽堂古诗选陈祚明撰

古诗源沈德潜撰

古诗赏析张玉穀撰

阮亭古诗选董讷夫评点

昭昧詹言方东树撰吴汝纶批

八代诗菁华录笺注丁福保撰

古诗十九首志疑胡怀琛撰

选学胶言张云璈撰

文选笺证胡绍煐撰

文选集评于光华撰

玉台新咏吴兆宜注

古诗镜陆时雍撰

汉诗音注李因笃撰

古诗录张琦撰

阮亭古诗选闻人倓笺

古诗钞吴汝纶撰

全汉三国晋南北朝诗丁福保撰

古诗十九首解陈柱撰

古诗十九首集释卷三　汇解

一　古诗十九首旨意

刘　履

诗以古名，不知作者为谁，或云枚乘，而梁昭明既以编诸苏李之上；李善谓其词兼东都，非尽为乘诗，故苍山曾原一演义，特列之张衡四愁之下。夫五言起苏李之说，自唐人始然，陈徐陵集玉台新咏，分西北有高楼以下至生年不满百凡九首为乘作，而上东门、宛洛等语，皆不在其中，仍以冉冉孤生竹及前后诸篇，别自为古诗。盖十九首本非一人之词，徐或得其实者也。蔡宽夫亦尝辨之，今姑依昭明编次云。

行行重行行

贤者不得于君，退处遐远，思而不忍忘，故作是诗。言初离君侧之时，已有生别之悲矣。至于万里道阻，会面无期，比之物生异方，各随所处，又安得不思慕之乎？夫以相去日远，相思愈瘦，而游子所以不复顾念还反者，第以阴邪之臣，上蔽于君，使贤路不通，犹浮云之蔽白日也。然我之思君不置，其底于老，宜如何哉？惟自遣释，努力加餐而已。盖亦卷耳"酌金罍""不永怀"之意。观其见弃如此，而但归咎于谗佞，曾无一语怨及其君，忠厚之至也。

青青河畔草

曾原谓“此诗刺轻于仕进而不能守节者”，得之。言青青之草、郁郁之柳，其枝叶非不茂也，然无贞坚之操，一至岁寒，则衰落而不自保；以兴世俗轻进之人，自衒以求售，其才质非不美也，然素无学识，不知自修之道，一遭困穷，则放滥无耻，而欲其固守也，难矣！且不斥言之，而婉其词以倡女为比，其深得诗人托讽之义欤？

青青陵上柏

人有见陵上之柏，阅岁不凋；涧中之石，坚贞不朽；而人生寄世，忽如行客远去，乃不若二者之长存。于是感物兴怀，欲以斗酒宴乐，聊且相厚而不至于薄也。故又言出游宛洛之间，观夫王侯第宅，宫阙之盛，而冠带之人自相求索，极宴以为乐，则人之不能自娱而常戚戚忧虑者，何所驱迫而然乎？盖感叹至此，则意愈切矣。然彼之极宴，岂不过于奢靡？而我之斗酒相厚，殆不失性情之正者欤？

今日良宴会

士之扼于困穷，不苟进取，而安守其节，唯与同志宴集，相为欢乐而已。然其所乐，有难具以语人，而但播之音乐，歌其德声，在知音者自能审其真趣焉耳。且得时行道之愿，人人所同；今乃未获申其志意，则人生寄世，如飙风飞尘，几何而不至息灭耶？故又设为反辞以寓愤激之情焉。黄文雷曰："舍要津，守穷贱，岂人情哉？"其必有说矣。

西北有高楼

曾原曰："此诗伤贤者忠言之不用而将隐也。高楼重阶，比朝廷之尊严；弦歌音响，喻忠言之悲切。杞梁妻念夫而形于声，此则念君而形于言。徘徊而不忍忘，慷慨而怀不足，其切切于君者至矣。歌者苦而知音稀，惜其言不见用，将高举而远去。"此说得之。愚按：玉台集以此篇为枚乘作，岂乘为吴王郎中时，以王谋逆，上书极谏不纳，遂去之梁，故托此以寓己志云尔？篇末有双鹤俱奋之愿，意亦可见。

涉江采芙蓉

客居远方，思亲友而不得见，虽欲采芳以为赠，而路长莫致，徒为忧伤终老而已。详此，岂亦枚乘久游于梁而不归，故有是言？及孝王薨而乘归，则已老矣。未几武帝以安车蒲轮征之，竟死于道。

明月皎夜光

此诗怨朋友之不我与也。睹时物之变异，感节序之流易，有志愿者，能不动于中乎？因思昔者同门之友，高举自奋，乃不念平生久要之好，竟弃我如遗迹然。如诗所谓"维南有箕，不可以簸扬，维北有斗，不可以挹酒浆"，"睆彼牵牛，不以服箱"，是皆虚有其名，而不适于用者；以兴为朋友者，亮无贞固之心，而徒事虚名，是无益也。此虽不言其所以怨望，而责其不援引之意，亦可见矣。

冉冉孤生竹

贤者既出仕，久而未见亲用，自伤不得及时行道，以扬名后世，将与碌碌庸人俱老死而无闻，是以不忍斥言其君，乃托新婚夫妇为喻，而作是诗。泰山，众山之尊，有君道焉，故以起兴，言彼孤生之竹，则结根于泰山之阿矣，比与君为新婚者，则如兔丝之附女萝矣。夫兔丝之生有时，则夫妇之会，固有其宜。何千里结婚之后，不由此道，乃致远隔，使我思望不置，将恐如芳鲜之花，过时不采，而与众草同腐，是可伤也。然君亮必自执高节，不复转移；则贱妾亦何为哉？此亦怨而无可奈何之词也。一说，君但信我之能执高节以自守，亦复何为？亦通。

庭中有奇树

此怀朋友之诗，因物悟时，而感别离之久也。

迢迢牵牛星

此言臣有才美，善于治职，而君不信用，不得以尽臣子之忠；犹织女有皎洁纤素之质，勤于所事，不得与牵牛相视，以尽夫妇之道也。惟其不得相亲，有所思系，心不专在，故虽终日机织，不成文章，唯有泣涕而已。夫河汉既清且浅，相去甚近，一水之间，分明盼视，而不得通其语，是岂无所为哉？含蓄意思，自有不可尽言者尔。

回车驾言迈

此因回车涉道，顾瞻时物之变，慨然感悟，恨立身之不早也。且人生非金石之固，岂能久存于世？所可宝者，特荣名而已。盖亦“君子疾没世而名不称”之意。

东城高且长

此不得志而思仕进者之诗。言见东城之高且长，回风起而秋草已萋然矣。因念四时更相变化，而于岁之云暮，独何速邪？然我方以未见君子，如晨风之言，以怀忧苦；今而岁暮不乐，又恐如蟋蟀所赋，徒伤局促。盍亦荡涤其忧虑，放肆其情志，何苦乃自致结束，而不为乐哉？盖以吾党之士，才美者众，犹燕赵之多佳人也。彼其修德立言，壹皆独善其身，故其言往往悲愤激切，而有以知其志气郁塞，未获舒展；亦犹佳人之被服鲜洁，而但当户自理清曲，故其音响悲切，而知弦柱之急促也。是以我之驰情整服，沉吟而踯躅，思与此人同奋才力，以入仕于朝，庶几得以舒吾苦心，而遂其情志焉尔。故又托为双燕衔泥巢屋以结之。于此可见当时贤才之遗逸者，非特一人而已也。

驱车上东门

此驱车郭门，因所见而感悟，谓死者不可复作，生者岂能长存？人寿有限，虽往古圣贤，亦莫能过越于此者。与其逆理以求生，不若奉身以自养，斯亦不失顺正俟命之义欤？

去者日以疏

此诗大概语与前篇相类，而此则客游遐远，思还故里，日与生者相亲而不可得，故其悲愁感慨，见于词气，有不能自已者焉。按此亦在枚乘九篇之列，若与“忧伤终老”一篇合而观之，信不虚矣。

生年不满百

此勉人及时为乐，且谓仙人难可与并，使之省悟。盖为贪吝无厌者发也。其亦唐风山有枢之遗意欤？

凛凛岁云暮

此忠臣见弃，而其爱君忧国之心不能自已，故托妇人思念其夫而作是诗。言岁暮虫鸣，以比世道渐衰，而小人得时也。凉风厉而游子无衣，以比阴邪既盛，而君无匡辅之者。且君虽有贤者而不能用，亦犹锦衾遗于洛浦而不以御，如我夙昔与之同袍者，亦相违远，使之独宿。既久常于梦寐想见而不敢忘，其或精诚感通，君怀旧欢而枉顾我，顾携手以同归；然皆梦中所遇，不久与处，徒虚美耳。于斯时也，皆不能奋飞以相从，则惟瞻望自适，不免感伤发垂涕，此可见其爱之深、思之切，不自知若此也。

孟冬寒气至

此君子忧世道之日衰，审出处之定分，以答或人之词。托言孟冬北风愈寒，昼短而夜长，岂非阴盛阳微，君子道消，小人道长之时乎？观群小之在朝，而贤者退处，亦犹明月既缺，则众星繁列也。所谓三五月满者，乃是追思朝廷全盛气象，叹当时犹及见之，今不然矣。盖君子于此，则当卷而怀之可也。而故旧荣达之人，因远来之客，寄遗我书，其言相思久别，殆有相招出任之意。我则非不感其勤厚而敬佩之，然于我区区所抱之怀，恐其终不能识察也。观此则其持身之谨重，待物之温恭，自可见矣。

客从远方来

此言朋友道合，不以相去之远而有间。且即以其所遗之绮为被者，盖因其有双鸳之文，而又制为合欢，加以长相思之著，结不解之缘，如此则其情亲义固，愈久而不能离矣。然此著此缘，皆托言相思不解，而虚标其名，非必实有是物也。

明月皎夜光

旧注李周翰以此为妇人之诗，谓"其夫客行不归，忧愁而望思之也"。曾原以为"独醒之人，忤世无俦，抚时兴悲之作"。今详味其辞气，大概类妇人，当以前说为是。

自选诗补注

二　古诗十九首定论　　吴　淇

此汉人选汉诗也，乃一切诸选之始，其于建安之际乎？夫诗之为体,因而变,故一代之诗,必有一代之专体。三百篇体不杂,盖一道同风之世也;汉诗体错出,唯五言纯乎一朝之制,亦犹诸体备于唐,而独七言律为唐之专制也。至于建安之际,当涂父子,倡于邺下,群彦和之,于是曹刘之坛帜聿盛,而汉道寖微矣;识者忧之,此古十九首之所由选也。并古乐府四篇,凡二十三首,是宜合为一编;然而弗合者,诗与乐府之体异也。夫乐府之名昉于汉,其体不惟与五言汉道不合,即与汉之四言七言及杂言之诗体亦不合;而乐府四篇,却与五言汉道同体,何也?汉道五言,倡于苏李;乐府四篇,本于班姬,而班姬之源又出自李都尉;是以乐府四篇不合乐府十九章及安世房中诸歌而与古诗十九首合;政惟其合也,愈不得不分耳,恐久而混也。昔孔子生周之季,其于周之天下称"今",而前代则"古"之;此以汉人选汉诗,乃于"诗"及"乐府"之上,各标一"古"字者,所以别乎建安邺下诸体也。故选者于一切汉四言七言及杂体,概置不录,所收专以五言汉道为至。苏李以还,作五言者不知凡几,所存止此二十三首,拣之又拣,罔非精金美玉。要使后之学诗者知五言汉道如此,又有诗与乐府之辨如此,不惟建安邺下之体不得而混,即百世之后,愈趋愈变,终得而识汉道如此也。然十九首出苏李而不录苏李,犹唐人选唐诗而不选杜少陵;故乐府四篇,亦不及班姬怨歌行。今再以此二十三首合之苏李七首,班姬一首,凡三十一首,而汉道五言尽于斯矣。○此二十三首不著作者姓氏,盖亦犹三百篇不著姓氏之遗也。今尚有可考者,西北有高楼为枚乘,西汉之人也;冉冉孤生竹为傅毅,东汉之人也;青青河畔草为蔡邕,汉末之人也;可见此二十三首,汉家四百年人材尽在其中，故其诗卓绝古今。〇十九首不出于一手，作于一时，要皆臣不得于君而托意于夫妇朋友，深合风人之旨。后世作者，皆不出其范围。诗品云，升堂者刘桢，入室者曹植，此外寥寥矣。〇元瑞曰："畜神奇于温厚，寓感怆于和平；意愈浅愈深，词愈近愈远；篇不可句摘，句不可字求；盖千古元气，钟毓一时，而作者以无意发之，故诣绝穷微，掩映千秋。"〇止十九首耳，宏壮宛细，和平险急，各极其至，而总归之浑雅，诗品云"惊心动魄，一字千金"者，学诗者读过万遍，自能上进。

行行重行行

"行行"六句，一直赋去，如骏马下坂；忽用七句八句，作二比顿住，以下却缓缓赋来，格调最好。〇此臣不得于君之诗，借远别离以寓意。首句连叠四个"行"字，中但以一"重"字介之，极写"其远"；二句"生"字当解作生熟之生，犹云"生生未当别离而别离"也。下紧紧接"相去"云云，地南天北，叛于一瞬，别时如此之易；参西商东，若将终身，会面如此其难。真令人心魂欲绝也。第七八句，忽插一比兴语，有三义：一以紧应上"各在天一涯"，言北者自北，南者自南，永无相会之期；二以依北者北，依南者南，凡物皆有所依，遥伏下文"思君"云云，见己之心身唯君子是依；三以依北者不思南，巢南者不愿北，凡物皆有故土之恋，见游子当一返顾，以起"相去日已"云云。按海内幅员，纵不过一万，横不过八千。前序别离，已云"相去万馀里"，兹又云"相去日已远"，不知更向何处？著此一笔，以照出首句"生"字耳。而"日已"二字，却又挑动下文"忽已"二句。"衣带日缓”即伏后“加餐”。先以“浮云”二句，紧承“相去日已远”来。“顾返”犹言“返顾”，游子日远，岂敢望其归家，求其一返顾而不可得，其情更苦！若解作“回返”，便与“会面安可知”意重复矣。“白日”比“游子”，“浮云”比“谗间之人”，见此不返顾者，非游子本心，应有谗人蔽之耳，李太白诗结有“浮云能蔽日”本此。“思君”二句，又承“衣带日已缓”，己之憔悴支离，有似于老，而实非颜色衰败，只因思君使然。然忽谓人之未老，岁月尚有可待也。屈指从前岁月，固不可云不晚矣，妙在“已晚”上著一“忽”字，彼衣带之缓曰“日已”，逐日抚髀，苦处在渐；岁月之晚曰“忽已”，兜然警心，苦处在顿。“弃捐”二句，又承人老岁晚，当生别之时，已分弃捐，却又不忍明明说出，至此岁晚人老，方才说明，然犹不肯灰心。“努力加餐饭”，盖欲留得颜色在，尚冀他日之会面也。

青青河畔草

此章连排十句，读者全然不觉，以其句句有相生之妙。首二句以所见兴起“楼上女”。夫楼上有女，何繇见之？以其“当窗牖”。女何为“当窗牖”？以其“粧”。何繇知其“粧”？以其“出素手”。因此一段公然不避人，而知其为“荡子妇”、为“倡家女”也。既为“荡子”，自是“行不归”；既为“荡子妇”，自是“床空”；既为“倡家女”，自是“难独守”也。○诗于眼中写景，意中写情，或就诗人写，或就所咏之人写；景与情妙在虚实相生，了无痕迹；尤要在现前之一刻。此诗“盈盈”四句，就作者眼中实写；“昔为”四句，就作者意中虚写；其兴趣全在起手“青青”

二句，振起一篇精神，分明从作者眼中拈出，却又似于女之眼中拈出；分明从作者眼中虚拟女之意中，却又似女之意中眼中之感，恰有符于作者之眼中意中，真有草蛇灰线之妙也。其从作者眼前拈出者何？譬之绘事，置月必于轻云之间，鸟必于疏枝之上，旁然曲缀，所以助其势也。此诗若竟从“盈盈”句突起，亦自成诗，如画美人于素阒之上，无复帏帐儿物以衬贴之，便尔淡寞；即美人之丰神，亦无由显见也。唯先将“河草”“园柳”，一青一郁，写成异样热艳排场，然后夹出“楼上女”来；如唐人舞招枝于莲花瓣中，拆出个美人于翠盘之上，乃为丽瞩耳。尤妙在“草”上叠“青青”字，“柳”上叠“郁郁”字，才于“楼上女”逼出“盈盈”字，“粧”之“娥娥”字，“手”之“攕攕”字，皆从女身上摹写“盈盈”字；而“皎皎”字又以窗之光明，女之丰采，并而为一，以摹写“盈盈”字。在作者所注目，政在此“盈盈”者；而彼“青青”者“郁郁”者，匪意所存；但非彼“青青”“郁郁”者，则楔此“盈盈”者不出。故从女眼中写之，不若从作者眼中写之之妙也。“昔为”四句写情，似从女意中拈出，实亦从作者眼中拈出也。人心善感，具有因缘，触物而发，原非偶然。“昔为”二句是“因”，“今为”二句是“缘”；而“青青”之“草”，“郁郁”之“柳”，特感动其因缘耳。然不写入女子眼中，而写入作者眼中，何也？恃有“皎皎当窗牖”一句，关通其脉也。楼下之人，既见河畔有园，园中有楼；楼窗之中，见有弄粧之女；彼楼上之女，岂不得由窗牖中见楼外有园，园外有河乎？楼下之人既见河畔有草，园中有柳；从楼窗中见楼上有弄粧之女；彼楼上女岂不由窗牖中见草之青青于河畔，柳之郁郁于园中乎？故此青青郁郁者，在作者之见界中，亦在此女之见界中。一片艳阳景物，撩撩逗逗，在旁人犹自难堪，况空床荡子之妇，自幼出身于倡家者乎？此不必更写入此女之眼中，而即可悬拟其意中矣。不然，彼河畔有园，园中有楼，楼上有女，固作者望而可见；彼楼中之床，何由而见之乎？河畔有草，园中有柳，楼上有女，亦作者望而可见；彼床上无人，何由而知之乎？要知此四句是歇后语，不是实煞语。盖此时作者，与此女同在草青柳郁之一刻中，全在"昔""今"二字，逼出现前妙趣。"昔为倡家女"，是女之前半世；"今为荡子妇"，是女之后半世。前半世已过，后半世未来。荡子行未归，固是现前，然未粧之先，寂寥永夜，展转无寐，空床之上，虽意中有所想，而眼中无所触；至于甫起晨，便瞥见草青柳郁，以一夜展转空床之人而当此，如何忍得耐得？然犹序及"昔""今"者何？令此女昔不为倡女，则独守已惯；或今不作荡妇，则行有归期；故唯"昔为"云云，故最难当此现前之一刻，而觉昨夜空床，犹成已过也。凡现前一刻，古诗最重。如"今日良宴会"及"对酒当歌"等词，皆同此意。谢客云"恒充俄顷用"，此也。古人作诗，必有所本。唐王昌龄春闺诗："闺中少妇不知愁。"曰"闺中"，见不轻登楼；"不知愁"，故能独守；则昔非倡女可知矣。"春日凝粧上翠楼"，即偶尔上楼，亦必粧成，而非上楼弄粧也。"忽见陌头杨柳色"，偶然有触而感，不似荡妇空床，有触感，无触亦感也。故此柳色写入少妇眼中，不从作者眼中写也。"悔教夫婿觅封侯"，言夫婿为功名而出，非行不归之荡子也。曰"教夫婿"，本无行意，而己勉之行，分明一乐羊子妻也。止一"悔"字，然亦不失性情之正。此二诗者，一美一刺，义自天渊而意则合也。○诗有赋比兴，而兴最难。盖太远则离，太近则涉于比。三百篇后，兴最少。十九首中，惟两"青青"。此章曰"草"曰"柳"，自是别离物色。然"草"着"河畔"，便伏"荡子不归"意；"柳"着"园中"，便伏"空房难守"意。故唐宜之曰："盖睹艳阳之景，而特为感伤也。"后首起句全类此，"柏"取不雕，"石"取不烂。"柏"着"陵上"取其高，"石"着"涧中"取其深。各得其所，无物害之，以见人生之短脆也。前首是正兴，后首是反兴。

青青陵上柏

首二句以"柏""石"兴起"行远客"，喻人生行役之苦。"忽如远行客"，喻时光之速也。见人当随时自度。目前斗酒相娱，固是素位而行；即有时驰驱繁华之地，游戏王侯之间，亦无入不得。是人生在世，随地随时皆可自度，何所迫而戚戚哉？不戚戚则不远而复矣。不为戚戚所迫，则时光自觉舒长矣。○"聊厚不为薄"，"聊"字有哀世之意。斗酒虽微，却于亲戚邻里之间，写得亲亲昵昵，见人自为薄，我自为厚，五字中分明预先画出一个陶元亮来。"驱车"以下，全用世态形出。"冠带"六句，将人生芬华光景，写得大艳；上只著"游戏"二字，便觉在我者重，在彼者轻，虽极宴娱志，总不失我藐大人襟怀。分明于驱车下十一句中，重新画出一个东方曼倩来。王元美谓此旷远之士，能不以利禄介怀者，其识卓矣。

今日良宴会

劈首"今日"二字,是一篇大主脑。以下无限妙文,皆回照此二字。盖往者不可追,来者不可邀,所可据以行乐者,惟今日耳。下"飙尘"之喻,正谓今日之难长保耳。于今日欢乐之中,特举"弦歌"二事,而措辞命意,皆极斟酌。书曰:"诗言志。"又曰:"律和声。"筝,律属,仅取其声,故曰"入神",言其艺之莫测也。曲,诗属,必本于德,故曰"识真",言其德之无伪也。○诗三百篇,皆可被管弦,是三百篇皆曲也,皆可唱也。凡古人一歌一咏,俱有至真者存,非若后人之游,一味沉湎。是古人之歌咏,皆古人之令德。听之而识其真,所谓知音。知音之人,不惟歌者愿得之,凡人莫不欲歌者得之也。设有一绝代佳人于此,未尝不欲得一绝代才子而当之。其在我人,亦未尝不欲以己当之也。然自念己或非绝代才子,或格于势,阻于礼,而不得当焉;亦未尝不欲得一绝代才子当之,犹己当之也。苟不得其人,则郁郁不伸,不必古洪之流有此心,即凡人莫不有之,故曰:"同心齐所愿,含意俱未伸。"虽总承"弹筝"四句,而实紧切"令德"二句。今试取"弹筝"一连六句,细细吟之,俨有一绝代佳人,见于纸上。他人写佳人专就色写,或色与声交写,此诗只就声写,全不靠色一字,真绘风手段。声色难得,声色而尤物更难得,必"策高足""据要津"乃克有此。"先"字最妙,亟亟然正暗映"今日""难再"意。岂知穷贱亦有可乐,不义富贵于我如浮云乎?故为婉商之曰"何不",曰"无为",其词大类论语"富而可求,虽执鞭之士,吾亦为之";却将"如不可求,从吾所好",留作歇后。

此诗人之妙也。而后人指为激词，目为诡调，皆未会其意。○“苦辛”乃欢乐之对境，两形之预以坚守道者之心。

西北有高楼

此亦不得于君之诗。自托于歌者，然不于歌者口中写之，却于听者口中写之，且于遥听未面之人口中写之。“西北”二句，言高。“交疏”二句，言深。“上有”二句，乃乍听未真，而讶其音响之悲也，“谁能”“无乃”，故为猜料之词，殆欲摄歌者之魂魄，而呼之使出。曰杞梁之妻，取其身之正、声之哀、意之苦也。至有风传递其声，始有盈耳之叹。“中曲”三句，正形容其声之哀。“不惜”二句，是由其声之哀，而知其意之苦。于是听者代为之词，若曰：歌之苦，我所不惜，难得者知音耳。如有知音者，愿与同归矣。○此亦是从声中摹出个绝代佳人来，但此章较前章，更说得缥缈，令人可想而不可即。然前章是行乐，又是觌面，故听而并识其德之真；此章是述怀，又是未面，故听而止知其意之苦。○末章情在景，故首用“月”字点醒；此章情在声，故中用“风”字点醒。十九首中，惟此首最为悲酸；如后驱车上东门、去者日已疏两篇，何尝不悲酸？然达人读之，犹可忘情；惟此章似涉无故，然却未有悲酸过此者也。

涉江采芙蓉

芙蓉生于江，故涉江采之；芳草生于泽，故可直取而不言涉。芳草，草之有芳者，不止于兰；兰，草之尤芳者，故以命泽。不言“采”，蒙上也。上“采”字单指芙蓉，下“采”字兼诸芳草。

明明为“遗所思”，却又曰：“采之欲遗谁？”若故聊为自诘之词，若有遗忘者，宕出下文，以见其人之可思而兼显其道之甚远也。长路，即“远道”；“还顾”二字，从“思”字生。○此亦不得于君之诗。“涉江”四句云云，犹屈子以珍宝香草为仁义，而思以报贻于其君也。“多芳草”，言富于仁义也。“远道”“长路”，言君门万里也。既曰“同心”矣，岂有“离居”者？“同心而离居”，其中必有小人间之矣。“忧伤终老”，又即所谓惧谗邪不能通也。○“思君令人老”，“老”字顿，其难堪在前；“忧伤以终老”，“老”字渐，其难耐在后。

明月皎夜光

此亦臣不得于君之诗，非刺朋友也。中庸云：“不信乎友，不获乎上。”言我素负才名，宜振翮云霄，而乃偃蹇无成，至于今日，而我旧时朋友，反先我飞腾，曾不一为援手。身非磐石，冉冉老至，而功名未建，虽空负虚名，亦如南箕北斗而已，复何益哉？不言君之不用，而归辜于朋友，正是诗人忠厚处。○史记天官书云：“斗杓指夕，衡指夜，魁指晨。尧时仲秋夕，斗杓适指酉，衡指仲冬。”然星宿东行，节气西去，每七十二岁差一度，历家谓之岁差。汉去尧二千馀年，应差一宫。此时仲秋夕，斗杓当指申，衡应指孟冬。观此诗所用物色，的是中秋无疑，通晓历法者自明，旧注泥定“孟冬”，大谬。

冉冉孤生竹

旧注以此为新婚，非也。细玩其意，酷似摽有梅，当是怨婚迟之作。"孤生竹"喻己,"泰山"喻夫,"结根"喻托身。女子有夫,身始有所托也。但夫妇之会有宜,犹兔丝之生有时,弗可苟焉,故又以"兔丝"为喻也。"轩车"者,逆女之车也。"来迟"者,以结婚之远在千里之外也。"思君"云云,是倒句。"轩车来迟",故"思君令人老"耳。身故未尝老,思君致然,即诗所谓"维忧用老"也。"伤彼"四句,从"老"字来。"含英扬光",多少自负,诚欲及时见采,不甘与草木同萎。"过时""时"字,与前"有时""时"字相照,但前"时"字缓,此"时"字急。"君亮"句,指"轩车来迟",为所思之人占地步,政自占地步。言君之来迟,信执高节矣;我亦何为不持高节哉?〇观"过时"二句,汲汲然不啻昭烈"髀肉复生"之叹;但夫妇之会有宜,君臣之会亦有宜,故贞女以礼待时,而良士以义守身也。〇此诗何尝不怨?细读之又何尝怨?此诗何尝怨?细读之又何尝不怨?乃诗之极神化者。

庭中有奇树

此亦臣不得于君之诗,与涉江采芙蓉调略同;但彼于折赠处,只写得四句,后便撤开;此则一意到底,故只于一物中写出许多情景。〇奇树者,独树也,或曰树之奇特者。奇树之有而曰"庭前",其义有四:曰"庭"者,见植身之正,与闲花野草异矣;曰"庭前"者,见此树之奇,本自天生,"既有此内美",而近在庭前,易为剪培,"又重之以修能"也;曰"庭前有"者,见此身守定中闺,曾不逾户外一步,伏下"路远"之意;曰"庭前有奇树",从树之奇时起,以便说到而叶而花,为后前感时张本也。夫"经时”之感，止在折荣相赠之一刻；而必自树之奇说起者，以见感虽生于兜然，而时之积已久矣。凡树之奇特，全在枝条之位置扶疏得宜；及花叶茂盛之时，树之枝条尽为所蔽；惟当未叶未花之前，乃冬春之交，其条枝之位置历历可见，故显其奇特耳。下文“攀条折其荣”，然折荣不折条，后恐伤其奇特耳。华者，光也；滋者，润也；“绿叶发华滋”，专写叶之奇，如诗“其叶蓁蓁”；下文“攀条折其荣”，方是指花，诗所云“灼灼其花”是也。不曰“花”而曰“荣”，亦含有光润在内也。“将以贻所思”，是折荣之缘起；又著“馨香盈怀袖”，专指所折之荣言；有此奇树，自有奇叶奇花；有此奇花，自有此奇香也。有无限自珍自惜之意，正反映下文之“何足贵”。“盈怀袖”三字，从“攀”字来，故馀香所披也。“路远莫致”，乃是花已折得，不逢驿使者；若认作草木之花，不可远致，便是呆语。“此物何足贵”，又故作抑之之语，以振下文，见所感之深也。“此物”即“其荣”，盖树有三物，曰条，曰叶，曰花，就折之时命之曰“其荣”，为其附着于树也。故连叶条而对言之，以明时之成于渐积也。就折之后命之曰“此物”，为其已离别于树也。故离条叶而专言之，以见感之触于蓦然也。“感”字应前“思”字，蕴之为“思”，发之为“感”。但感之发因于时，而时之变征于物；故由荣而溯之叶，由叶而溯之条，时亦屡变，岂容无感？但物未极其盛，则时亦未极其变，故有思而无感。及其叶而荣矣，物盛极矣，时变极矣，感虽发于偶尔之一顷，而从前积累之蕴，都撮聚于此一顷矣。“时”谓“三月”，盖四时备，然后岁；故春秋以时系事，无书亦必首其首月，一时不备，则岁功不可成矣，此古人所云“三月无君，则遑遑如也”。自树之条，自叶至荣，大约三月也。“但感别经时”，乃“贻所思”根本；“将以贻所思”，乃“折其荣”缘起；但不从条叶说起；则写时变不出，写“感”字亦不出，故必由“庭前有奇树”发端耳。大凡奇树芳草，古人用以纪时，兼以自比；但他皆说到憔悴处，此独说到极荣盛处。古明妃曲云：“君王若问妾颜色，莫道不如宫里时。”此意可为知者道也。

迢迢牵牛星

此盖臣不得于君之诗，特借织女为寓。通篇全不涉渡河一字，只依毛诗从织上翻出意来，是他占地步，直踞万仞之巅，后来作家汇千，皆丘垤耳。“迢迢”，君门之辽远也。“皎皎”，贞士之洁白也；“织”，乃女子之正业。“纤纤”二句，手不离机杼，所守之贞也。“终日”二句，无限苦怀，所守者苦节之贞。“河汉”二句，相去无几，举足可渡，然而终不渡者，所守之贞且坚也。相去无几，只争一水，身不得往，语或可闻，然而终不为遥诉一语所守之贞之苦，并不求其知也。诗中自首至尾，亦不及秋夕一字，终年如此，终月如此，终日如此，所守之贞之苦，终古如此也。○“迢迢”二字写远，下文既有“相去复几许”，曷得云远？而且至于迢迢？以“脉脉不得语”见得为远，而且极其“迢迢”也。夫此“迢迢”者，非真有千山万水之隔，不过此清浅之河汉耳。孰禁之而不往？以织女自有正业，身在机中，故不得往。“终日”二句，思，即在机中思。“河汉”四句，望，亦在机中望。然望者总此一河汉，乃忽而写得甚近，忽而写得甚远，何也？凡物之大小远近，有一定之形，特形为势变，于是近者反远，远者反近，此形家之通论也。而此之所写，忽近忽远，固由形势，而实又变于织女之眼中意中。盖织女机中，“终日”云云，此时意中以为与牵牛永无相遇之势矣。乃忽而举头一望，瞥见牵牛在彼河岸，河水又复清浅，几几乎有相遇之势矣，于是眼中之形，变其意中之势，曰：“相去复几许？”既有几几相遇之势，方且期为必遇矣，而又以身在机中，不得往渡，于是意中之势，忽又变其眼中之形，曰“盈盈一水间”，“盈盈”二字，竟把“清浅”二字，反化为深阻矣。“脉脉”二字，语气固承“盈盈”二字，而意思却照首句“迢迢”二字。盖迢迢者，牵牛漠不相关；脉脉者，织女情独暗钟也。此诗当与青青河畔草章参看：彼连用六个叠字于首，而此分用两端；彼咏荡妇，意刺小人，故用曲写，此咏织女，义比君子，故用直序。〇凡诗以远写远难堪，以近写远更难堪，如诗之“其室则迩”，与此诗之“盈盈一水间”，俱于近处写远也。盖其室虽近，然望之不能见，语之不必闻；至“盈盈”一水，则可望而不得语，尤为难堪耳。〇此诗与青青章，俱有“纤纤素手”四字，但用“出”字与“擢”字有别：“出”字的是写“粧”，“擢”字的是写“织”，一些移动不得。又前诗用在下句，是先见粧，后见手；此诗用在上句，是先见手，后见织。

回车驾言迈

宋玉悲秋，秋固悲也，此诗反将一片艳阳天气，写得衰飒如秋，其力真堪与造物争衡，那得不移人之情？“四顾茫茫”，正摹写“无故物”光景；“无故物”正从“东风”句逼出，盖草经春来，便是新物；彼去年者，尽为故物矣。草为东风所摇，新者日新，则故者日故，时光如此，人焉得不老？老焉得不速？○“盛衰”句承“东风”二句来。凡物无常，盛无再盛，无两盛，故其盛而之衰者，必有他将盛者欲成功而逼之退谢，苟无有逼之者，虽终古永无衰时。即如草论之，春风摇之而长，秋风摇之而落；后日摇之而落者，即今日摇之而长者，故盛必有衰也。要从“故”字看出不常。今日摇之而长者，非昨日摇之而落者，故盛衰有时也。要从“无”字看出不再。昨日之摇而落者，政迫于今日之摇而长者，故盛衰各有时。要从“遇”字看出不两。○十九首中，勉人意凡七，惟此点出“立身”“荣名”是正论，其他“何不策高足”“何为自拘束”“不如饮美酒”“何不秉烛游”及“极宴娱心意”，皆是诡调，于其迷而不复，以诡调讽之，故用“驱车”及“出郭”起；于其悟而思归，以正论诏之，故用“回车”起；可见古人作者一字不苟处。○昔王孝伯行至其弟曙户前，问曰：“古诗中何句最佳？”曙思未答，孝伯曰：“‘所遇’二句最佳。”余以为此二句之佳，正以“东风”句逼出。忆在浔江，其草入春不死，客有作感遇诗者，反此二语云：“新物间故物，相并催人老。”

东城高且长

“东城”二句，因现在之地以起兴。“回风”四句，言时光易迈，尔时情志，拘束极矣，非借声音以展放之不可。将歌秦风之晨风乎？其音过于忧思；将咏唐风之蟋蟀乎？其音伤于俭陋。人生几何，何为拘束至此？是贵于“荡涤放情志”也。“荡涤”二字出戴记。荡，浮也；涤，洗也。言其音之曲折往来疾速，如以水洗物而浮荡之，乃郑卫之音也。郑卫之音决无奏以嫫母无盐之理，必出自燕赵佳人，始可以放我情志。盖人世一切，如宫室之美、车服之丽、珠玉之玩，皆非真实切身受用，而真实切身受用，惟有此耳。此论详著南史梁武帝赞中。燕赵佳人，未有不美，又著“美者”二字，乃是于粉黛丛中，拔异姿也。既是异姿，又何假粉饰？而“被服”云云，正暗照唐风“子有衣裳，弗曳弗娄”，而见缟衣綦巾之不足取耳。“理曲”用“当户”二字者，“当户”不惟取其易以发响，且不没其色也。音之悲，由于曲之清；曲之清，由于弦之急；弦之急，由于柱之促。盖音之清浊，生于律之长短；故柱疏弦缓，则声浊而低；柱促弦急，则声清而高。高极则悲，此郑卫之音，最易感人，至此听者之情驰矣，歌者之情亦驰矣。不曰“交驰”者，诗人欲摹歌者，故就歌者而言驰情耳。情既驰矣，此宜解带褫衣，与子偕臧之时，而反整巾带者何？整巾带，正是驰情处；沉吟者，意之且前且却也；踯躅者，身之且前且却也；中间加一“聊”字，见虽且前且却，而蚤已倾心于君矣；故曰“思为”云云。如此一刻，真抵千金。人生真实切身实用莫过于此，此而情志犹然拘束，必不然矣。然此等受用，却非猎声渔色者所能。“沉吟”二句，虽是弄态，仍不失为佳人。觉陈后主“映户凝娇乍不进，出帷含笑复相迎”，犹带倡气。曰“美者”，分明有个人选他。曰“知柱促”，分明有个人听他。曰“整巾带”，分明有个人看他。曰“聊踯躅”，分明有人促他。而刘须溪乃以为所思不遇，而理清曲以见意者，未沉心于此诗也。○余最喜诗云：“今夕何夕？见此粲者。子兮子兮！如此粲者何！”正无如此“驰情”云一段光景也。

驱车上东门

首八句直序下，“浩浩”以下，却用论宗语，犹元人叹髑髅杂剧，先取一副髑髅傀儡置场上，然后假借庄生劝世之言，此格甚好。上东乃长安东门之名，李斯牵黄犬逐狡兔即此。盖西都人诗。郭北，西都之北郭，非东都之北邙也。“阴阳移”犹云“日月逝”，但“逝”字顿，“移”字渐；“日月逝”与人年命无关，“阴阳移”却有关于人年命事。“浩浩”二字，指其气而言。自古及今，死死生生，展转相送，俱在一“移”字摹出来。西都时中国尚无佛教，止有儒家、道家，儒而圣贤，道而神仙，皆不能免此，则亦终无有能免此者矣。“不如”二句，亦是诡词，正急急教人修行，然饮酒披素，又何尝不是修行与？〇末二句从唐风山有枢来。“美酒”即“子有酒食”，“纨素”即“子有衣裳”，“不如”二字即自“何不日鼓瑟”之“何不”二字化出。

去者日以疏

此首人多以为〔与〕前首相似，不知此首宜与下首参看。下首是说向日亲边去，为生者说法；此首是说向日疏边去，借去者为生者说法。〇王元美曰：“此客异乡，因见古墓而思里闾者。”此解“思”字甚当，然与上文照映处，却无意味；不如以“思”属死者。余曾见修行人有绘死髑髅于床几间者，作髑髅谓人之语曰：“昔日我如尔，吁！何不悔？异日尔如我，吁！何不修？”〇“去者日疏”，说得怕人；又逼以“来者日亲”一句，更怕人；“欲归无因”，见日亲中再无我分，那得不日疏？

生年不满百

此诗重一“时”字，通篇止就“时”上写来。“年不满百”，人岂不知？“忧及千岁”者，为子孙作马牛耳！“爱惜费”乃忧之效，“后世”正指“子孙”。曰“田舍翁得此已足矣”，乃是“后世嗤”也。〇“昼短”二句最警策，人生既不满百年，夜且去其半矣；以夜继昼，将以纾吾之生年也。若以“昼短夜长”，专指冬日，何异说梦？〇刘须溪曰：“唐人‘黄金费尽教歌舞，留与他人乐少年’，本此意，却非剿袭。此是为惜费人说得可嗤，所以释天下鄙吝之心；彼是为浪费人说得可惜，所以释天下骄侈之心。”

凛凛岁云暮

首四句俱叙时，“凛凛”句直叙，“蝼蛄”句物，“凉风”句景，“游子”句事，总以序时。勿认“游子”句作实赋也。“锦衾”句引古以起下，言洛浦二女与交甫素昧生平者也，尚有锦衾之遗；何与我同袍者，反遗我而去也？“独宿”难，“独宿长夜”更难，况“累长夜”乎？“梦想”二字，相黏得妙。“良人”二句，想耶？梦耶？“愿得”云云，梦耶？想耶？因想而有梦，又因梦而有想。“愿得”二句，梦中满意之想。“既来”二句，梦中不满意之想。“亮无”二句，梦中大不满意之想也。“眄睐”句，从“又不”句来。既“不处重闱”，惟有“眄睐以适意”而已。“既来不须臾”，惟有“引领遥睎”而已。“徙倚”二句，写去后；“引领”写临去；“眄睐”写来时。“既来”四句，就所梦者写，极其冷落；“眄睐”

四句,就梦者写,极其热昵。此等光景,写入真境,已自难堪,况入梦境乎?○刘须溪云:"'古欢'二句,梦中之景如是;'徙倚'二句,既觉而然。"以此分梦觉之界,在学者意思宜然,作者语气殊未点明也。余政以不辨梦觉,弥见结想之深。

孟冬寒气至

冬之夜自是长,无愁不觉得,愁多偏觉得。"仰观众星",总愁极无聊之意。"三五"二句,乃仰观见月,而感别离之久,因而追数从前圆缺,亦是前诗"独宿累长夜"的"累"字意。"客自"云云,言代为传书之客,来自远方,则所思之人远可知也。"置书怀袖",珍重其书;"三岁字不灭",珍重之极;杨慎所谓"思之深也"。"一心"二句,括尽一部离骚。○"置书"二句,从赵襄子"出诸袖中"来。

客从远方来

只是"绮"之一意到底。全在"相去"二句,宕出如许态度;"以胶"二句,结得如许精神。○此诗乃君子"以文会友,以友辅仁"注脚。"客从远来",会友也;绮上文采,以文也;友之遗我,出于友之心,是友之文,即友之仁也;以胶投漆,不能离别,以友辅仁也。然友之遗我,只一绮耳;而我裁而为被,著之缘之,踵事增华,全在乎我。故曰为仁由己,而由人乎哉?○十九首俱古诗,惟此一首稍似乐府,然却作乐府不得,毕竟是古诗。

明月何皎皎

无甚意思，无甚异藻，只是平常口头，却字字句句，用得合拍，便尔音节响亮，意味深远，令人千读不厌。○无限徘徊，虽主忧愁，实是明月逼来；若无明月，只是搥床捣枕而已，那得出户入房许多态？

自选诗定论

三　古诗十九首解　　张　庚

睢阳吴氏说选诗大有发明；然穿凿附会，牵强偏执，在在有之，欲求醇者，什仅二三。雍正戊申，馆于满城陈氏，弟子于正课之暇，以古诗十九首请业，因参其说诠解焉。然为得为失，究不自知耳。为录一册，以俟服古者正之。秀水瓜田逸史张庚识。

行行重行行

此臣不得于君而寓意于远别离也。参吴氏。首言“行行”，远也；复言“重行行”，久也；即包全篇意。次句“生别离”，即楚辞“悲莫悲兮生别离”也。下紧接“相去”四句，见别离易而会面难。曰“相去”，曰“各在”，言君之去我万馀里，是我与君为天涯也；我之去君万馀里，是君于我为天涯也。见两相眷之意，已暗伏下“浮云”句。然“道路阻长”如此，“会面”亦“安可知”乎？“代马”二句，忽插比兴语，有三义：一以紧承上“各在天一涯”，言北者自北，南者自南，永无相见之期；二以依北者北，巢南者南，凡物各有所托，遥伏下“思君”云云，见己之身心，唯君子是托也；三以依北者不思南，巢南者不思北，凡物皆恋故土，见游子当返，以起下“相去日已”云云。以上言远，完上“行行”二字。“相去日已远”以下言久也，完下“行行”二字。“远”字若作远近之远，与上文“相去万馀里”复矣。惟相去久，故思亦久，以致“衣带缓”；“带缓”即伏下“加餐”。“白日”比游子，“浮云”比谗间之人。“不顾反”犹言不思返，因“思”字音哑，“顾”字则响，见游子之心，本如白日，其不思返者，为谗人间之耳。“思君”二句承“衣带缓”来；己之憔悴，有似于老，而实非衰残，只因“思君”使然。然屈指从前，岁月亦不可不云晚矣。妙在已晚下著一“忽”字，彼衣带之缓曰“日已”，逐日拊髀，苦处在渐；岁月之晚曰“忽已”，陡然惊心，苦处在顿。渐与顿皆久中之情。“弃捐”二句，紧承“令人老”作转椟以结，言相思无益，徒令人老，曷若弃捐勿道，且努力加餐，庶几留得颜色，以冀他日会面也。其孤忠拳拳如此！尤妙在通篇无一怨词，即以“浮云”比谗间，亦无怼恨气，可识诗人之忠厚矣。

青青河畔草

此诗刺也。虽莫必其所刺谁何，要亦不外乎不循廉耻而营营之贱丈夫；若以为直赋倡女，倡女亦何足赋而费此笔墨耶？起曰“楼上女”，何以便知其为“倡家女”？为“荡子妇”，则以“当窗牖”故。且“当窗牖”而必“红粉粧”“出素手”，安知不于楼上招邀乎？因愈知其为“倡家女”“荡子妇”矣。卫风云：“自伯之东，首如飞蓬；岂无膏沐，谁适为容？”贞妇所为如此。今楼上女反是，故不妨直呼之为“倡家女”，为“荡子妇”也。既是出身“倡家”，嫁于“荡子”，而当此草青柳郁之春，自不能独守空床矣。然亦何以知其床之空？则以“荡子行不归”故。又何以知其必为“荡子”？则以其“行不归”故。又何以知其“行不归”？则以此女之“当窗牖”必“红粉粧”“出素手”故。使荡子不行，行而即归，则嬿昵有情，亦何为“红粉粧”“出素手”，招邀于楼上也？凡士人不能安贫而自衒自媒者，直为之写照矣。

青青陵上柏

此高旷之士，自言其无入不自得也。“陵上柏”“涧中石”，物之可久者，反兴人生之不久。“忽如远行客”，言倏忽如远行之人，不久即归也；见人当及时行乐，无为戚戚所迫。“聊厚不为薄”，“聊”字、“不为”字妙甚；言斗酒本薄，我亦未尝不知其薄，而聊以为厚，不以为薄，真足娱乐矣。若不知其薄而以为厚，则是一厚薄不分愦愦人矣。一旦食前方丈而极宴之，鲜不以向之斗酒为薄，而以今之极宴为厚也；由是觊覦之心日炽；觊覦之心炽，则必为“戚戚所迫”而汲汲以求之矣。今惟以斗酒之薄，而聊厚之以自娱，即入极繁华之场而极宴之，以我视之，亦不过娱心意为乐，与斗酒何异？所以无入不自得。又何所为戚戚之迫哉？宛洛以下写得极繁盛，上却著“游戏”二字，见得人以富贵眩我，我只如游戏也。其襟怀何等高旷！即“富贵不能淫，贫贱不能移”身分。王氏谓“此旷远之士，能不以利禄介怀者”，得此诗之旨矣。○前“斗酒”后“极宴”，写得厚薄相悬，而以“娱”字一之。“戚戚”一句总结两“娱”字,法律细密。

今日良宴会

此因宴会而相感于出处之诗。以“令德”二字为一诗之纲,以“含意”句为一篇之枢纽。从前所解,上下截不得融洽者,由于不得纲与枢纽也。古人宴会必作乐,乐必有曲,曲必本乎德。“令德”,曲之情;“高言”,曲之文。“识曲”,识其令德高言之尽美;“听其真”,听其令德高言之尽善也。良朋宴会,令德相符,固足欢乐;然未有不感于贫贱同困,而不得一展其用也。是则令德之展用,实齐心而同愿也,第俱含意未伸耳。于是作者为伸之曰:“人生于世,岁月如飙之扬尘,直奄忽以过,乃抱兹令德而轗轲终身,可不惜哉?”因为婉言以商之曰:“何不策高足,以据要路乎？无为常守贫贱而轗轲以终身也!”据要路即孟子“当路”,“当路”方得展用。然细玩“何不”“无为”语意,有“然有命也,不可幸致”意,故吴氏以为“大类论语‘富而可求’章,却将‘如不可求,从吾所好’,留作歇后。而后人指为激词,目为诡调,皆未会其意”,此语极好。○“宴会”曰“良”,则非寻常作剧佚游也。曰“今日”,则非平生所易得也。“欢乐”申上“良”字,从来欢乐莫过于同德相聚。“弹筝”六句,敷陈“欢乐”。“人生”二句,因欢乐而生感,即汉武秋风词“欢乐极矣哀情多”意,总完得“今日良宴会”五字,盖古人起句必包全篇也。

西北有高楼

此抱道而伤莫我知之诗。借歌者极写之,而结以“愿为”二句见意，格局甚好。〇此篇上半易明，惟“不惜”四句，解者每多牵强。吴氏以为“此听者代之之词，若曰：歌之苦我所不惜，难得者知音耳；如有知音，愿与同归矣”。然以上文文势观之，此接代词觉突且无味。盖此诗本就听者摹写，则“不惜”仍是听者“不惜”。起六句是叙述，“谁能”六句是拟议，结四句乃发论见意也。若谓我听其歌，悲哀慷慨，亦何苦也！然我不惜其苦，所可伤者，世有如此音声而竟不得一知者耳！因自露其意气，遂慨然曰：“我与若人所抱既同，所遇又同，若得化为双鹤，奋翅俱飞，以去此人间，诚所愿矣！”〇欲写歌者，先为置一楼，楼上著一“高”字，又申“与浮云齐”，言其峻绝出尘也。“交疏”二句虽言深，而接以“三重阶”，仍自写高。古人之用笔不杂如此。先出歌声，后出人者，高楼之上，交疏之中，人之有无不得知，因歌声知之也，而于人则曰“谁”，曰“无乃”，作猜拟之词者，盖虽因歌声而知楼上有人，然终不知其为何如人，因即歌声拟料之，古人用笔之仔细如此。下只就声音摹写四句，摹写声音，正摹写其人也，古人用笔之清超如此。至如“高楼”曰“西北有”，亦非泛就一方向起也，盖尊之也。古艳歌云“日出东南隅”，是赋艳，故就“东南”写；此赋感，故就“西北”写；盖天地之气，盛于东南，成于西北，所谓义气也，故宾位在西北，古人用笔之不泛如此。论杜诗曰“无一字无来历”，即此意也。若必谓某字出某书，犹是村夫子见识。〇古人作诗惟恐露，故多含蓄之；今人作诗惟恐不露，故必明言之；此古今人之所以不相及也。

涉江采芙蓉

此亦臣不得于君之诗。开口“涉江”，何等勇往；中间“还顾”，何等无聊；结语何等凄咽。诗尾四十字，真一字一泪。○吴氏曰：“‘芙蓉’‘芳草’，喻仁义也。‘多芳草’，言富于仁义也。‘遗所思’，报遗于君也。‘在远道’，喻君门九重也。明明‘遗所思’，却先曰‘采之欲遗谁？’故作自诘之词者，宕出下文，以其人之可思而益显其道之远也。”○此篇解者亦未融洽，由“还顾”二句看不彻也。若谓就所思之居处而言，故曰“远道”；就我之往从而言，故曰“长路”；非有二也。若然，则直望之可也。夫人心之所思，目必注之，情之常也；何用“还顾”二字，致文意上下不蒙。况明明说出“旧乡”，则“长路”断非“君门”矣。观“涉江”二字起，明是言身在中途。前瞻君门，则有九重之隔；“还望旧乡”，则又“长路浩浩”；真进退惟谷矣。其所以致此者，良由君心素同而一旦离居故耳。同心则所谓一德一心也，而乃离居焉，安得不“忧伤以终老”乎？若“所思在远道”下即接“同心”二句，岂不直捷明快？然少意味，故以“还顾”二句作一波折，然后接出；不但意极婉曲，而局度亦甚纡馀矣。玩“同心而离居”“而”字，必有小人谗间矣。玩“忧伤以终老”“以”字，有甘心处之而无怨意，此忠臣立心也。

明月皎夜光

此不得于朋友而怨之之诗。起八句虽是序时物，然正意已寓。“明月”曰“皎夜光”，“众星”曰“何历历”，喻平日之交情耿耿不磨也。“露沾草”“时节易”，喻朋友之志变易也，伏下“不念”句。“蝉鸣树间”，喻朋友之得所高鸣也，伏下“高举”句。“玄鸟逝安适”，喻己之失所无归也，伏下“遗弃”句。曰“同门友”，则是平昔切磋共学，非泛泛交游可知。曰“携手好”，则平昔之置予于怀可知。奈何高举而弃我如遗也！“南箕”四句，言交情既不能如磐石之固，亦如箕斗徒拥虚名而已。“箕斗”“牵牛”，虽借喻朋友之无益，亦是应上“玉衡”“众星”作章法。“促织鸣东壁”，东壁向阳，天气渐凉，草虫就暖也，此古人体物之细。○史记天官书：“斗杓指夕，衡指夜，魁指晨。尧时仲秋夕，斗杓指酉，衡指仲冬。”此言“玉衡指孟冬”，则是杓指申，为孟秋七月也。然白露为八月节，“促织鸣东壁”又即豳风“八月在宇”义；“玄鸟逝”又即月令“八月玄鸟归”。然则此诗是七八月之交，旧注泥煞孟冬十月，大谬！吴氏据历家岁差法以为汉去尧时二千馀年，此时仲秋，杓当指申，衡应指孟冬，此说亦未尽然；盖今时仲秋，杓犹指酉也。

冉冉孤生竹

此贤者不见用于世而托言女子之嫁不及时也。吴氏曰：“‘孤生竹’喻己，‘泰山’喻夫，‘结根’喻托身。但夫妇之会有宜，犹兔丝之生有时，弗可苟也，故又以‘兔丝’为喻。‘轩车’，逆女之车也。‘来迟’者，以结婚之远在千里之外也。‘思君’云云，是倒句。‘轩车来迟’，故思君致老耳。身固未尝老，思君致然，即诗所谓‘维忧用老’也。‘伤彼’四句，从‘老’字来。‘含英扬光’，多少自负！诚欲及时见采，不甘与秋草同萎。‘君亮’

句指‘轩车来迟’,为所思之人占地步,政自占地步。言君之来迟,信执高节矣;我亦何为而不执高节哉?”○此诗平平叙去起。“过时”一句,却是一篇之主,以上十二句,皆此句缘起。结句深一步,以自重其品。“生有时”,“时”字即摽有梅“迨其吉”“吉”字。“过时”“时”字,即“迨其今”“今”字。“贱妾亦何为”,则视“迨其谓之”高一筹矣。

庭中有奇树

此亦臣不得于君,而托兴于奇树也。其托兴于树,不以衰为感,而感于盛,有二义:夫人自少小以至强壮;强壮不过二十年,则日衰矣。树之由萌蘖以至荣盛,荣盛不过百日,则日衰矣。则其盛也,不诚可惜哉!此诗人所以托兴也。有志之士,断不肯闲玩废日,董子所以“不窥园”也。故平时不为时物所触,感亦无自而生;一旦见树之当时芳茂,安得不感己之当时偃蹇?此又诗人之所以托兴也。“树”曰“奇”,则非凡卉矣;曰“庭中有”,则非野植矣;“叶发华滋”,培之厚也;“攀条”而“折荣”,取其精也;“遗所思”,欲献于君也;“馨香盈怀袖”,馀馥被物也;“莫致之”,深自惜也;写得极郑重。先自贵其物如此,却以“何足贵”一语故抑之,以振出末句,见所感之深。“经时”二字有深意,岁有四时,时有三月,经时则历三月矣;古之人三月无君则皇皇如也,能无感乎?“此物”即“其荣”,言“荣”者夸之以自珍,言“物”者卑之以尊君,曰“感”不曰“伤”者,“伤”必因乎“衰”,衰则过时矣,不复可为矣,故可“伤”。“感”乃因乎“盛”,盛而不见用,尚可冀其用,故曰“感”。○通篇只就“奇树”一意写到底，中间却具千回百折；而妙在由“树”而“条”而“荣”而“馨香”，层层写来以见美盛，而以一语反振出“感别”便往，不更赘一语，正如山之蛇蜿蟺迤逦而来，至江以峭壁截住。格局笔力，千古无两。

迢迢牵牛星

吴氏曰：“此盖臣不得于君之诗，特借织女为寓。通篇不涉渡河一字，只依毛诗从织上翻出意来，是他占地步高；从来作家汇千，皆丘垤耳。‘迢迢’，君门辽远也。‘皎皎’，贞士洁白也。‘织’乃女子正业，故以为喻。‘纤纤’二句，手不离机杼，所守之贞也。‘终日’二句，所守者苦节之贞也。‘河汉’二句，可渡而终不渡，所守之贞且坚也。‘相去’无几，只争一水，身不得往，语或可闻，然终不肯遥诉一语，所守之贞之苦，并不求其知也。诗中自首至尾，亦不及‘秋夕’一字，终年如此，终月如此，终日如此，所守之贞之苦终古如此也。”○欲写织女之系情于牵牛，却先用“迢迢”二字，将牵牛推远，以下方就织女写出许多情致。句句写织女，句句归到牵牛，以见其“迢迢”。“皎皎”句与首句是对起，故下虽就织女以为牵牛之“迢迢”，却句句仍只写织女之“皎皎”。盖“皎皎”光辉洁白之貌，今机杼之勤，所守之贞，不肯渡河，并不肯告语，皆织女之“皎皎”也。两两关写，无一笔牵缠格碍，岂非千古绝笔？又上既云“迢迢”，下复曰“相去复几许”，见得近在咫尺，似悖矣；不知神妙正在此悖也。盖从乎情之不得通而言，则见为“迢迢”；从乎地之相阻而言，则仍“几许”。故下一“复”字，若谓虽曰迢迢，亦复不远。愈说得近，则情逾切；情愈切，则境愈觉远矣；真善于写远也。更妙在以“盈盈”二句承结，遂将“迢迢”“几许”，两相融贯，谓为“迢迢”，则又“复几许”；谓之“相去”只此“几许”，则又限于“盈盈”而“不得语”；既限于“盈盈”而“不得语”，则虽“几许”之“相去”，已不啻千里万里矣，可不谓之“迢迢”乎？人但知“盈盈”二句，承“河汉清浅”来，不知其双贯“迢迢”“几许”两语也。真奇妙莫测。○青青章双叠字六句，连用在前；此章双叠字亦六句，却结二句在结处，遂彼此各成一奇局。吴氏曰：“此与青青章俱有‘纤纤素手’字，彼用一‘出’字，的是卖弄春葱，为倡女之态；此用一‘擢’字，的是掷梭情景，为贞女之事。”

回车驾言迈

此因不得志于时而思立名于后也。古人作诗起句从无泛设之理，读者往往忽略，所以不得全篇神理。如此诗起用“回车”二字，用意极深远。夫人幼而学之，孰不欲壮而行之？追辙环几遍，终不得遇，而逝者催老，安得不更而为“回车”之思乎？此孔子所以有“归欤”之叹也。得此意以读是诗，则全篇神理得矣。“回车”所见，不将秋景点缀，以致伤迟暮之情，偏就艳阳之春写者何？正要在“春风”上逼出“无故物”来。去年之百草不知何去，今东风所摇而新者，又是一番萌蘖，所谓“不睹旧耆老，但见新少年”也，则我老之速可知已。然以盛衰之常理推之，彼我固各有其时，亦何足苦？所苦者，从前岁月徒消鹿鹿，而立身不早耳！今既老矣，而寿考又不可必，将随物化，可弗宝此荣名乎？此所以亟亟“回车”也。言外有不得见之事实则当修之以名于后世；意其不说出者，古人之谦也。圣如孔子，亦只说得"小子之不知所以裁"，未尝明言我将裁之，以传道于来也。此意是朱子补出。〇凡人衰老之感，都就秋物憔悴起兴，此独从三春荣盛写，妙极矣！盖秋物虽一日憔悴一日，然毕竟犹有憔悴之骨子在。一经春风，则憔悴者悉化，又换一番新物矣，则吾身之如赘可知，伤何如哉！此即上章就近处写远意，奇树篇之感盛亦此意。可识古人用笔冒过数层处。

东城高且长

此盖伤岁月迫促而欲放情娱乐也。然以"思"结之，亦可谓"发乎情，止乎义"矣。"东城"二句，就其地以起兴。"回风"四句，言时光易逝，因慨古之怀苦心者，则有若晨风之诗；伤局促者，则有若蟋蟀之诗；凡此皆自为拘束，曷若"放情志"以"荡涤"其怀伤乎？其"放情志"而不"自拘束"奈何，莫若艳色新声矣。燕赵之地多佳人，其尤者则有玉颜，且盛服当户而理曲，其么弦促柱之悲音，一何动听也。既目其如玉之颜，复耳其最悲之曲，而情为之驰矣。巾，冠也；巾带，冠缨也。凡人心慕其人，而欲动其人之亲爱于我，必先自正其仪容，"驰情整巾带"者，致我之敬，以希感动佳人也，正驰情之极也。"沉吟"，心口为之自忖自语；"踯躅"，身足为之且前且却；此是理欲交战情形，以起下"思为"云云一结。既而终以为不可，因思身不得巢君之屋，惟燕子得以巢之，遂"思为飞燕"也。此篇张氏以为燕赵以下另是一首，且以重用"促"字韵为据，细玩词意亦是；但从前都作一首，陆平原拟古亦作一首拟，仍其旧可也。然必如是解方不牵强。

即作两首,即如是解亦可。○古人诗句句相生,如此诗起云“东城高且长”,下就“长”字接“逶迤相属”句,以足“长”字之势;就“逶迤”字生出“回风动地”句;就“地”字生出“秋草”句;就“秋草”字生出“四时变化”句;就“时变”字生出“岁暮速”句;就“速”字生出“怀”“伤”二句;就“怀”“伤”二字,生出“放情”二句;就“放情不拘”生出下半首。真一气相承不断,安得不移人之情?

驱车上东门

此达人自言其所得也。“阴阳”,气也;“浩浩”,无穷尽也;“移”字妙甚,自古及今,生生死死,更迭相送,都在一“移”字中;即为圣为贤,亦莫能度此。若因莫能度而求神仙之术,则又谬矣。仙可求乎?求之未有不为药所误而速其死也。然则如之何而可?莫若现前者足以乐矣。唐风云:“子有衣裳,弗曳弗娄,宛其死矣,他人是愉。”又曰:“子有酒食,何不日鼓瑟?宛其死矣,他人入室。”依此而言,“不如饮美酒,被服纨与素”之为得也。○吴氏曰:“上东门,长安东门名。郭北,西都之北郭,非东都之北邙也。首八句直序下。‘浩浩’以下,却用论宗语,犹元人叹髑髅杂剧先取一副髑髅傀儡置场上,然后假借庄生劝世之言,此格甚好。”

去者日以疏

王氏谓“此客异乡因见古墓而思里闾也”。吴氏以为“思”字属死者解。细玩诗意,两说俱可。依吴氏说,言天地之化无一息之停，无非是去者来者两物而已。去日以疏，来日以亲，盖言日亲者非真亲也，是日疏之因也。亲者非亲，疏者真疏，其何以堪？"出郭"二句申上"日亲"，而"日亲"者如是；"古墓"二句申上"日疏"，而"日疏"者如彼；更何以堪？而况目前之白杨，悲风萧萧，愁何如耶？结二句因代死者作惨语以自伤，言睹此景状，死即有知而兴思故里，然欲觅道而归，则幽明相隔，茫茫无路，将何因也？则人生之可伤何如耶？若依王氏说上八句解同，结二句言当此时安得不深"首丘"之思？无如"欲归"而"道无因"也。"道无因""道"字当作"引导"解。归有资斧，则因资斧为道；或归有附托，则因附托为道；两者俱无，所以久淹也。若作"道路"解，则东西南北，犁然在目，何谓"无因"？

生年不满百

此教人及时为乐也。吴氏曰："通篇以'时'字为主。'生年不满百'，人皆知之；'常怀千岁忧'者，为子孙作马牛耳。"愚谓此二句大概言常人之情如此。"昼短"四句则作者之自得也。人生时日，昼夜各半，即日日为乐，只得一半，何不继之以夜，以纾我之生年乎？且在百年之内，又不知七十六十，可不及现在之时行乐，而欲待不可必之"来兹"乎？因思"怀千岁忧"者，真愚者也。愚者只"爱惜费"，"爱惜费"，忧之效也。"后世"虽泛指，而子孙亦在其中。祖父怀忧惜费，以遗子孙，而子孙恣欲挥霍，不惟旁人嗤其愚，即子孙之挥霍亦是嗤其徒自苦耳。此二句紧顶"千岁忧"句讲。结引王子乔而叹美之，一以唤醒怀忧者，一以自贤其所得也。○"仙人"二字从"愚者”楔出。既出“仙人”,便指王子乔以实之,否则王子乔三字突矣。

凛凛岁云暮

吴氏曰:“首四句俱是叙时。‘凛凛’句直叙,‘蝼蛄’句物,‘凉风’句景,‘游子’句事,‘锦衾’句引古以起下,言洛浦二女与交甫素昧平生者也,尚有锦衾之遗;何与我同袍者反违我而去也?”此解“游子”三句极得旨。同袍虽远我,我则深思而不能置也。“独宿”已难堪矣,况“长夜”乎?况“累长夜”乎?于是情念极而凭诸“梦想”以“见”其“容辉”。“梦”字下黏一“想”字,极致其深情也,又含下慌惚无聊一段光景。“良人”四句,叙梦之得通而感其惠顾,更愿其长顾不变而同归也。曰“唯古欢”,言其原非今之轻浮可比,所谓极致其深情也。“既来”二句咎所梦之不明,“亮无”以下乃因梦而思愈深,悲愈促,恨不能奋飞,惟有“眄睐”“引领”,“感伤”极而“垂涕泣”耳。刘氏以“徙倚”二句为梦觉景,固非;吴氏通作梦境,亦无味;盖此诗之妙,在正醒后之一段无聊赖也。〇此诗大抵客游无赖而思故人拯之。诗境极幽奥。反覆讽诵,凄其欲绝。

孟冬寒气至

此妇人以君子久役不归而致其拳拳也。天寒夜永,愁人处之,何以为情?“仰观众星”,亦是愁极无聊。言“众星列”,则是下浣之夕,非有月时也。而“三五”云云,是因见“众星列”而追数从前之月圆月缺,不知经历多少孤凄之夜矣,以见别离之久,起下“客从”云云；故“三五”“四五”连叙，非真见月也，从前解者皆不见分晓。客从远方遗书，亦是追忆昔日之事。书中所言如此，其情非不拳拳于我，因而珍之重之，以置诸怀袖中，见其书如见君子。三岁以来，字犹不灭，区区一心，所抱如此，而良人至今不归，岂有中变耶？故曰“惧君不识察”。○月之圆缺，亦是借喻君子之离合。“众星”喻宵小布列。恐君子信谗不察，故因所遗之书，以表区区怀抱也。深情婉曲，愈味愈旨，上下两层皆为追想，制局极精。

客从远方来

此感恩而自言其历久不忘也。以“故人心尚尔”为主，若谓从前千思万想而不得一音，以分弃我如遗矣；今有客远来，遗我以绮，不觉兜底感切曰“故人心尚尔”也，我何为自弃哉？盖实见其绮之“文采”为“双鸳鸯”也。“尚尔”，“尔”字不专指“绮”，指“双鸳鸯之绮”也，此一句直是声泪俱下。若先出“文采双鸳鸯”，次写“故人心尚尔”，岂不更明顺，然不见目击心惊之切；故先写“故人心尚尔”，次出“文采双鸳鸯”，是倒句之妙。绮为双鸳鸯，宜为合欢所设，于是“裁为合欢被”，以俟君子之归。然又未卜即能归止，故仍“著以长相思”，“缘以结不解”，以致深思极感之意。故人遗绮之心如此，是“漆”也；而我裁被之情如此，是“胶”也；故结以“以胶投漆中，谁能别离此？”。“别”字人声，是“分别”之“别”，“离”是“间离”之“离”；“此”字指固结之情，非指胶漆。语益浅而情益深，篇弥短而气弥长，自是绝调。试以此诗衡后人言情之作，曾有是真挚否？○此与前篇后半相似，但不知何故将前篇截去上六句，更不成篇；将此诗亦效前篇法加几句在头上，亦不成篇；其故在读者自得之。

明月何皎皎

此写离居之情。以客行之乐对照独居之愁，极有精思。古人作诗固先有主意，然亦必有所因；有所因然后主意缘之以出。如此诗以“忧愁”为主，“明月”为因；始而“揽衣徘徊”，既而“出户彷徨”，终而“入房泣涕”，都因“明月”而然；而“忧愁”之苦况，遂以切著。若无“明月”，亦惟是“寤擗有摽”而已，起句之不泛设，于此益见。○因“忧愁”而“不寐”，因“不寐”而“起”，既“起”而“徘徊”，因“徘徊”而“出户”，既“出户”而“彷徨”，因“彷徨无告”而仍“入房”，十句中层次井井，而一节紧一节，直有千回百折之势，百读不厌。○“入房”上著“引领”二字妙：“引领”犹言“延颈”；当兹无可告语而入房，犹不遽入而延颈若有所望；又著一“还”字，言终无告矣，只得入房也。其愁情苦致如画。若此一句不如是极写，下接“泪下”句便少力。

四　古诗十九首绎　　如皋姜任修自芸绎

行行重行行

绎曰：哀无怨而生离也。“悲莫悲兮生别离”，似此行行不已，万里遥天，相为阻绝，后会安有期耶？盖以胡马越鸟，南北背驰，其势日远，其情日伤，带已宽而人已老也。此岂君真弃捐我哉？缘邪臣蔽贤，犹浮云障日，是以一去不复念归耳。然而不必烦言也，惟努力加餐，保此身以待君子，盖即“姑酌金罍”之意。谭友夏云：人知以此劝人，此并以之自劝，风人之忠厚如此。此贤者不得于君，而托为之作。“浮云”句亦有日暮途远意。太白“浮云游子”二句是注脚。

青青河畔草

绎曰：伤委身失其所也。妙在全不露怨语，只备写此间、此物、此景、此情、此时、此人，色色俱佳，所不满者，独不归之荡子耳，结只五字，抵后人数百首闺怨诗。或曰：“躁进而不砥节，故比而刺之。”严沧浪谓：“六句连用叠字，今人必以为重复，古诗正不当以此论之。”沈确士云：“从‘河水洋洋’章化出。”

青青陵上柏

绎曰：刺贪竞不知止也。柏石长存，人仅茫茫过客耳，乃若有迫之使长戚戚者，吾为即境娱情，以斗酒相娱乐，虽不厚而已非薄矣。目前之交游名胜，尽堪极尽欢宴，用满心意，尚何所迫而患得患失，仆仆营求，日不暇给哉？王西斋以谓〔为〕讽劝雅游行乐之辞。诗人固有无可奈何，而反其说以相慰藉者。

今日良宴会

绎曰：欲及时也。设乐地以诱之，谓今日有宴，便可交欢，试就唱曲领取，罔非令德高言，惟在识者之听而得其真诠，合于人心之不然〔言〕而同然者耳。至〔含意〕句，诗声小顿。下六句从识曲时吞吐转出，代伸曲意，即其真也，即所同愿也；所当及此方壮，早图得志也。首句似从前首“极宴”生来。钟伯敬云：“欢宴未毕，忽作热中语，不平之甚。”沈确士云：“据要津，诡辞也。古人感愤，每有此种。”

西北有高楼

绎曰：闵高才不遇也。居高闻远，悲音洞宣，为此曲者，何哀乃尔乎？以曲高和寡，非为歌苦而爱惜，乃为知稀而忧伤也。安得如双鹤和鸣，奋飞尘外，不复向庸耳索识曲哉？宋彊斋云：“明知知音稀，不惜歌声苦。君子怀宝自伤，往往如此。”王西斋云：“音落黄埃，千秋共叹。”

涉江采芙蓉

绎曰：忧终绝也。怀忠事君，死而不容自疏，岂间于远乎？采芳遗远，以彼在远道者，亦正还顾旧乡，与我有同心耳。夫君心本同，以有离之者而分居阔绝焉。能不“维忧用老”乎？曹子桓燕歌行蓝本于此。或曰：“枚叔久游梁，思归而仿楚声焉。”

明月皎夜光

绎曰：抚时思自立也。清秋其忽戒矣，物换星移，我友富贵相忘，弃旧不顾，何以异是。虽有同门式好之名，亦无益耳。箕斗罔施，牵牛弗御，鉴此而悟交之不固，人之不足倚也；可不自立哉？旧说以为刺友，然君子不责人以恕己，非徒朋友相怨已也。杨升庵云：“汉袭秦制，以十月为岁首，汉之孟冬，夏之七月也。其曰‘孟冬寒气至,北风何惨栗’,则汉武改秦朔用夏正以后诗也。三代改朔不改月,古人辨证,博引经传多矣,独未引此耳。又唐储光羲诗‘夏王纪冬令,殷人乃正月’,此亦一证。”补注云:“冬当作秋。”蒋湘帆云:“众星历历,先伏箕斗牛女,故末段忽看众星,指点虚名。”

冉冉孤生竹

绎曰:怨迟暮也。贤者致身而不用,托咏以伤之曰,竹根高结。今则俯就君婚,如兔丝之附女萝,盖以生有时,会有宜,固有所为而为之。乃婚虽结而路则睽,人已老而车不至。秋兰萎草,得无伤后时乎?“君亮”句拗得通身峭厉;落末句“亦何为”,百倍精神。王西斋云:“譬中设譬,曼衍徘徊,诗态独绝。”沈确士云:“情境已离,尚不作诀绝怨恨语,诗人温厚和平。”叶岑翁云:“杜诗新婚别祖此。”

庭中有奇树

绎曰:美久要也。初与君别,庭花未滋,今则芳馨堪折赠矣。怀中别思,与香俱盈,不惟其物,而惟其意。远人未得所遗者,亦曷从而知之?盖“贻筦归荑”之意。局调亦从此来。朱止溪云:“三闾去国,婕妤辞宫,离而日远矣,然而眷怀不忘,君子取风焉。”

迢迢牵牛星

绎曰:惧间也。“虽则七襄,不成报章”,“嗟我怀人,寘彼周行”，化此两意以比之曰“路远莫致”，犹可言也；此则徒步山河，觌面千里矣。太白“长门一步地，不肯暂回车”所本。王或庵云：“相隔一水，尚不可即，况万馀里哉？意中之言，硬塞不出，行墨之外，万恨千愁。”蒋湘帆云：“代织女目中见其迢迢，与末脉脉相应。”

回车驾言迈

绎曰：劝惜阴也。前路茫茫，一往而逝。少壮不努力，老大徒伤悲。与草木同朽者，可不疾名之不立哉？或曰：君子履变而知退也。百年易尽，令名无穷，可不省哉？夫虚名无益，至不得已而托之身后之名，亦可哀矣！王弇州云：“千秋万岁后，荣名安所之？并名亦无归也。”蒋湘帆谓：“即令今日回车，目中所见，已非故物；今日即已立身，亦非少壮。味此始识得。”世说：“王敬伯问古诗何句最佳？孝伯咏‘所遇’二句为最。”

东城高且长

绎曰：戒志荒也。贤者心乎王室而自达之辞。乐国将衰，君子见危授命之时乎？晨风刺秦康之忘业弃贤，蟋蟀刺晋僖之俭不中礼，徒自苦耳。求贤可以匡时，唯贤乃心家国，正两相须也。佳人作者托以自比燕婉之求曰：秋风逼岁，拘拘伤迟暮乎？美人艳曲，燕赵名姬，孰可求美而释女，女奚不驰情识曲，期两美之必合耶？沈云卿“海燕双栖”本此。文选分“结束”上为一首，“燕赵”下为一首。静案之：“何为”句束上领下，势若建瓴。佳人，令闻也。如玉，天姿也。被服，盛饰也。当户，现身也。

音响,发声也。弦急,情迫也。驰情沉吟,临期郑重,弱颜故植也。皆可相与“荡涤放情志”者也。通首奔逸,至此勒缰,未可中分伤格。

驱车上东门

绎曰:劝达生也。今之视昔,即后之视今。试观北邙山下,何曾恕过圣贤,亦未见有仙去。饮美酒,服纨素,晓人固当如是。此盖“对酒当歌”,以为风谕。王弇州云:“使我有身后名,不如且饮一杯酒。盖前首叹老而欲早立荣名,此并避名而言嗜欲。信陵君饮醇近妇,不得已之极思也。”宋彊斋云:“志士不大用,而寄情于饮食衣服;愿愈违,趋愈下。”徐衣言云:“秦皇汉武,欲求长生,死且不免;曷如美酒纨素,反能不死乎?是故求仙似高于入世,误则殆有甚焉。纵欲反觉较胜,胜心复焉用为?”

去者日以疏

绎曰:疾没也。古往今来,大去者谁复与亲哉?郭门外一望丘坟,其犁为田摧为薪者,殆日以疏矣。但有悲风日闻,使旅魂愁绝而已。归路茫茫,故里安在耶?前篇哀其老死,此并哀其死后,更进一层,深于醒世语。渊明挽诗学之。或曰:“悯乱者,思归焉。”

生年不满百

绎曰:惩需也。需者,豖蝨是也。世短忧长,一生吝啬,徒自苦耳。夜以继日，乐乃无虚焉。夫人生几何？即秉烛夜游，犹嫌其晚；而况不及时为乐，守钱虏尚复何待？岂能似仙之不老，亦空使千古姗笑为豕蝨类耳。叶岑翁谓："即唐风山有枢意。"王西斋云："重章累叹，无非为年命不长，行乐已晚；兹欲秉烛夜游，又进一层矣。陶诗约起二句，为'世短意常多'，特妙。"

附录西门行　出西门，步念之。今日不作乐，当待何时？逮为乐，逮为乐，当及时；何能愁怫郁，当复待来兹？酿美酒，炙肥牛，请呼心所欢，可用解忧愁。人生不满百，常怀千岁忧。昼短苦夜长，何不秉烛游？游行去去如云除，敝车羸马为自储。此一曲本辞　相和歌辞瑟调曲

出西门，步念之。今日不作乐，当待何时？一解。夫为乐，为乐当及时。何能坐愁怫郁，当复待来兹？二解。饮醇酒，炙肥牛。请呼心所欢，可用解愁忧。三解。人生不满百，常怀千岁忧。昼短而夜长，何不秉烛游？四解。自非仙人王子乔，计会寿命难与期。自非仙人王子乔，计会寿命难与期。五解。人寿非金石，年命安可期？贪财爱惜费，但为后世嗤。六解。此一曲晋乐所奏

凛凛岁云暮

绎曰：恶媒绝路阻，不得已而托梦通精诚也。天寒袖薄，独宿衾单。所思不见，惟有梦耳。然当古欢枉驾，以为惠绥同车，得以永偕欢笑；乃其倏来倏逝，背我分飞，安能假翼往来耶？相见虽博一欢，而目送翻滋涕泪，乃知梦里良缘人生亦不可多得。惜诵云"昔予梦登天兮，魂中道而无杭"，此诗所本也。

孟冬寒气至

绎曰:惧交不忠而怨长也。寒更不寐,夜夜相思。步列星而极明,匪朝伊夕矣。所以然者,感君惠书恩情深重,中心藏之,无日忘之也。然而君不我见也。安知我之心乎君哉? 前篇但言寄情于彼,此则以情见寄,顾我则笑,信假为真矣。第书至已言久别,而怀袖三岁,又加久焉。不蒙知遇,已至于今,区区一心,终身徒抱而已。惜往日云:"惜壅君之不识。"是也,而措辞却微婉。

客从远方来

绎曰:美合志以止离心也。反为恩幸之辞。前言万里弃捐,此则初心不易;前言芳远莫致,此则遗赠厚仪;前言相去无几,一水脉脉,此则天涯犹接席也。离心既同,岂复同心能离? 永矢绸缪,并不计其识察。较前情更深矣。愈忠厚,愈悲痛。朱止溪云:"先主、孔明,如鱼得水;管子言'生我父母,知我鲍子';二者足以当之。"

明月何皎皎

绎曰:伤末路计无复之也。阮公"薄帷鉴明月"同调。彼为河清不可俟,此为遇主终无期。故以月兴曰,生憎明月,偏照愁眠,久客无裨,终竟何乐? 悔不旋归矣! 计之不早,归尚无期,不忍此心之长愁,而陈志无路也。能不悲哉! 九辩云:"车既驾兮朅而归,不得见兮心伤悲。倚结軨兮长太息,涕潺湲兮下沾轼。”此诗情景似之。

古诗十九首绎序

古诗十九首不知定自何代，文选录之而分为二十，玉台新咏存十二而遗其七，谓枚乘八首。文心雕龙谓冉冉孤生竹一首属傅毅，载乐府杂曲歌辞，馀亦汉人作。辞有东都宛洛。锺参军且疑为陈思王诗。近代朱竹垞又指驱车上东门行载乐府杂曲歌辞；生年不满百一首，系西门行古辞，是文选楼中学士裁剪长短句作五言。移易前后，杂糅置之，隐没作者姓氏。人代莫定，但以古人之诗，名曰“古诗”。“古”之云者，对今体而言也。其曰“十九首”，乃举所集之成数，如删诗存三百五篇；非出于一时一手，间或相因类及，而他人有心，不尽同调，统以论次第篇法，则固矣。故各绎音义，均归安雅，不使学古诗者，病于穿凿傅会云。雍正己酉九秋，退耕姜任修书于白蒲书塾。

古诗十九首绎后序

古诗不但后之读者称为“古”，昔之作者亦自题为“古”，如“古歌”“古绝句”之类，以其音节神气，是古非今。非谓古有定格，不容增损移动，必若印板而后合者。冯钝吟之言曰：“李于麟云，唐无五言古诗，陈子昂以其古诗为古诗。然则律诗始于沈宋，开元天宝已变矣。亦可云盛唐无律诗，杜子美以其律诗为律诗乎？”可知古诗只是合古体，自汉以降，风气或殊，考调审音，均归一辙。盖其逐臣弃友，思妇劳人，托境抒情，比物连类，亲疏厚薄，死生新故之感；质言之，寓言之，一唱而三叹之，无声弦指，空外馀音，令讽者歌哭无端，籁由天作。国风楚骚，此其嫡嗣乎？古诗源云：“清和平远，不必奇辟之思、惊险之句，而汉京诸诗，皆在其下，五言中方员之至也。”吾师白蒲先生，以能理乱丝之心细绎，于无字句处，得其指归；良所谓“匡说诗，解人颐”者。循途者由是而之焉，其神明变化于规矩，与吴郡门人王康谨识。

五　古诗十九首说　　朱筠口授　徐昆笔述

总　说

诗有性情，兴观群怨是也；诗有倚托，事父事君是也；诗有比兴，鸟兽草木是也；言志之格律，尽于此三者矣。后人咏怀寄托，不免偏有所著。十九首包涵万有，磕着即是。凡五伦道理，莫不毕该，却又不入理障，不落言诠，此所以独高千古也。

行行重行行

十九首，无题诗也，从何说起？盖人情之不能已者，莫如别离；而人情之尤不能已者，莫如适当别离。只“行行重行行”五字，便觉缠绵真挚，情流言外矣。次句点醒“与君”。“相去”二句，从别后说起，“各”字妙，与次句“与”字相应，是从两边说。“道路阻且长”，是从中间说。“会面安可知”，足一句，正见别离之苦。此下本可接“相去日已远”二句，然无所托兴，未免直头布袋矣。就胡马思北，越鸟思南衬一笔，所谓“物犹如此，人何以堪”也；然两地之情，已可想见。“相去日已远”二句，与“思君令人瘦”一般用意。“浮云”二句，忠厚之极。“不顾返”者，本是游子薄幸，不肯直言，却托诸浮云蔽日，言我思子而子不思归，定有谗人间之，不然，胡不返耶？“思君令人老”，又不止于“衣带缓”矣。“岁月忽已晚”，老期将至，可堪多少别离耶？日月易迈而甘心别离，是君之弃捐我也。“勿复道”，是决词，是狠语，犹言“提不起”也。下却转一语曰“努力加餐饭”，思爱之至，有加无已，真得三百篇遗意。

青青河畔草

通首写一“守”字，俱为末句出力。意中欲写一绝大本领，世上必不可少之人，若落凡手，必成笨伯，此却以野艳之词出之，何等缥缈！前六句连用叠字，取态也。“青青河畔草”，初春景象；“郁郁园中柳”，孟春景象。欲写治世之人，先应从世界写起，故欲写美人，先从春写起。且由冬而春，即乱极将治之象。“盈盈楼上女”二句，言以群伦所共仰之人，处尘世共见之地；“娥娥红粉粧”，毫无弹驳；“纤纤出素手”，自有本领手段。以如此美人，而必托言“倡家”者，喻君子处乱世也。“倡女”所遭，必是“荡子”；君子轻出，必得乱君，故以“荡子妇”喻之。下二句又推进一层，为通篇结穴，却从诗人意中想像而出。言勿论不当为“荡子妇”也，即为矣，而荡子情谊不能固结，仍“空床”也，想来其能“独守”乎？此二句包罗史事，纵横想去，无不贯穿。三代而下，能守如武侯，不能守如荀文若、王景略皆在其中，阔极大极。

青青陵上柏

通首从"人生天地间"五字生情。"忽如远行客",写得透:以"客"字状"人生",已警;又加"远行"二字,言如远行之客,暂住就去,凄绝,透绝;薤露、蒿里写不尽者,五字写尽矣。然却难得他起二句作衬笔,令人万万想不到。言木之寿者莫如柏,物之坚者莫如石;岭上柏、涧中石,得地者也,然今见其"青青"者,安保其长青青;今见其"磊磊"者,安保其长磊磊乎?即令可保,而人之生也,寿不如柏,坚不如石;譬如远客,忽忽欲去,然则将如之何?算计惟有饮酒一着为妙。试酌斗酒,聊为厚而不薄,且因酒想起游戏,因游戏而想起宛洛。此下写宛洛之景,却是写生人之趣,过渡变灭,烟痕俱消失。"郁郁"写洛中气象;"自相索"三字妙;终日奔逐,不知其为着何来也。先说"长衢",由"长衢"而说到"夹巷";从衢巷中想出"王侯第宅",从"王侯第宅"想出"两宫相望";"两宫"谓天子宫与太后宫也。再足一句曰"双阙百馀尺",言无论一切繁丽,只这双阙便百馀尺,则宛洛之盛,可不游乎?帝京篇数千言说不尽者,数语尽之,何等神力?末二句又倒转,应"人生天地间"作收,言京都繁华,正可极宴以娱心意;人生如寄,彼戚戚然何所迫乎?真是不解!

今日良宴会

此与下一首合看,此章所谓姑妄言之也。"今日良宴会",突如拈来。"欢乐难具陈",言其乐说不尽也。就乐事中择出"弹筝""新声"来,缘声音为人所尤爱也。"令德",犹言能者;

"唱高言",高谈阔论,在那里说其妙处,欲令识曲者听其真;因而一班昏愦,也就齐声谬赞起来,却含意而说不出其所以妙来,写沉溺之人如画。"人生"二句作一纽,言行乐能有几日?下便索性说到没理性处去,"何不策高足"而据要路,穷贱辛苦,断无个乐处也。俱是反言。

西北有高楼

此首乃正言之。上章言但当取乐,此转言我自有我之志节,我自有我之气概,岂肯逐逐流俗为?"西北有高楼,上与浮云齐,交疏结绮窗,阿阁三重阶",是何等境界?非宴会场中也?其上亦有弦歌之声,却与弹筝不同。聆其音响,殆众人乐而己独悲矣。"谁能为此曲?"想来惟杞梁妻能之。其人乃绝世独立,更无配偶者也。下四句写音响之悲,淋漓尽致。"随风发",曲之始;"正徘徊",曲之中;"一弹三叹",曲之终。"不惜"二句又一折,越见得萧然孤寄,绝无人知也。此处收什最难,却忽然托兴"鸿鹄",思"奋翅高飞"。写至此,即"西北高楼",亦欲辞之而去,又何问要津,又何论歌舞场哉?

涉江采芙蓉

此等诗凝炼秀削,与庭中有奇树,韦柳之所自出也。一起托兴便超。"采之"二句,幽折得妙;"在远道",非谓其人走向远方去,不在目前便是。此是行者欲寄居者,观下文可见。言"所思在远道",为之奈何?转而思之,乃我离人,非人离我也;于是"还望故乡",但见"长路漫浩浩"而已。如此"同心",却致"离居”,“忧伤”其胡能已。然岂为“忧伤”而有两意,亦惟“忧伤以终老”焉已耳!何等凛然!比唐棣逸诗,十倍真挚。如此言情,圣人不能删也。

明月皎夜光

此首诗若不得其线索,便觉重三复四,乱杂无章;须看其针线细密,一丝不乱处。前半从节序之变说到人情之变;由人情之变,说到万事俱空;庄子南华一部,都被他数语裹却。大凡时序之凄清,莫过于秋;秋景之凄清,莫过于夜;故先从秋夜说起。“明月皎夜光”,目所见;“促织鸣东壁”,耳所闻;“玉衡指孟冬”,点时令。汉武前以十一月为岁首,孟冬夏正八月也。“众星何历历”,仰观于天;“白露沾野草”,俯窥于地;时节之变可知矣,故点醒一句曰,“时节忽复易”。上文既说了“促织”,再说“秋蝉”,再说“玄鸟”,岂非蛇足?不知此二句不是写景,乃是其意中所感。“秋蝉鸣树”,无者忽有;“玄鸟已逝”,有者忽无。举二物足上句,以见无所不变也,下便感到人情之变上去。欲说今,先说昔。“同门友”,谊相亲,分相埒也。“高举奋六翮”,变矣,而情亦变矣。竟“不念携手好,弃我如遗迹”,岂不可怪?然无足怪也!世上事从此推去,无不是空,因起首从星说起,此便就星上指点。由南而看有箕,由北而看有斗,由中而看有牵牛;然箕不可簸,斗不可酌,牵牛不可负轭,则万事皆空矣。人生在世,无磐石之固,而乃萦萦于虚名,岂不大愚?扫得空,说得尽,妙,妙!

冉冉孤生竹

此首诗是说极欲为世用而不欲轻为世用者，惟伊吕可以当之。“冉冉孤生竹”，与众不同；“结根泰山阿”，择地而蹈。“与君”四句，以婚姻喻遇合，结为新婚，如兔丝附女萝，此喻君臣遇合，原有缠绵固结的道理。但兔丝之生则有时，夫妇之会则有宜，岂可苟合？所苦者，千里结姻，远隔山陂，遇合无由耳！且岂独我愿往，亦甚愿子之来。“思君”二句，说得透。下又作一折，言我望愈切，彼来愈迟。“伤彼”四句，托兴于兰，说得凄婉。“含英扬光辉”，采之正其时；过而不采，将随秋草同腐，无所用矣。下却用忠厚之笔代原一句曰，君非弃我也，乃执高节也，然君既不来，我岂可屈节以往？虽欲共成经济，亦何为哉？惟有安隐泰山之阿而已。

庭中有奇树

此与涉江采芙蓉一种笔墨。看他因人而感到物，由物而说到人，忽说物可贵，忽又说物不足贵，何等变化。“庭中有奇树”，因意中有人，然后感到树。盖人之相别，却在树未发华之前，睹此华滋，岂能漠然？“攀条折其荣，将以遗所思”，因物而思绪百端矣。设其人若在，则岂独“馨香盈怀袖”哉？“路远莫致”，为之奈何？下又用一折笔曰，“此物何足贵”，非因物而始思其人也？别离经时，便觉触目增怆耳。数语中多少婉折，风人之笔。

迢迢牵牛星

此孤臣孽子忧谗畏讥之诗也。世上原有一桩境界，处至亲至密之地，而语不能入，情不能通者，历代史事，不可枚举。看他忽然以无情写有情，拈二星来说，说得如真有其事的一般。起二句“迢迢”，言远也；“皎皎”，言明也。“纤纤”句如见其形；“札札”句如闻其声。“终日不成章”，把一切孝子忠臣终日无聊景况，一语说尽；“涕泣零如雨”，再足一句。然其中之间隔，夫岂远哉？以言河汉，则清而且浅，相去无几，何难披肝露胆，直陈衷曲？乃至“盈盈一水间”，脉脉千种，欲语不得，奈何！奈何！此等诗字字痛快，令天下后世处其境者，可以痛哭；不处其境者，可以歌舞。即杜韩手笔，且恐摹写不到，何况馀子？

回车驾言迈

这首诗从悟后着笔，故起一句曰“回车驾言迈”，言看破世事，不如归去也。“悠悠涉长道”，足一句。下便从长道生情：见道旁百草，已为东风摇荡而出，是春景也；然草方萌芽，即有荒萎，人当初生，即有衰谢。但见春复一春，故物已尽，焉得不速老乎？说到盛衰有时，其人已是胸中雪亮，毫无滞碍，岂有尚不能立身者？立身如功名道德皆是。“立身苦不早”，从无可奈何处泛泛说来。“人生”二句又进一层，言即能立身，身非金石，何由长寿？亦不过“奄忽随物化”已耳！说至此，直是烟消灯灭，无可收什，乃从世情中转一语曰，“求点子荣名也罢了”，趣极！

东城高且长

此是一片禅机，楞严、法华，其妙不过尔尔。“东城”，生春之地也。“高长”如此，“逶迤”如此，乃“回风动地”而起，一番一番，春生之草，已入秋而凄以绿矣。是何故乎？良以“四时更变化”，所以岁暮如此其速；“一何”二字妙。下二句从物上说又妙；晨风蟋蟀，无情物也；晨风感时而鸣也，怀苦心；蟋蟀感时而吟也，伤局促。然则如何而可？只有“荡涤放情志”为妙，不必太拘束也。下面俱是从荡情志放笔写去。盖荡情之事，莫过佳人；佳人之多，莫过燕赵。“颜如玉”，色之美；“被罗裳”，服之丽；使之“当户理清曲”，可谓荡情矣；至于繁音促节，荡情极矣；然至弦急柱促，其乐将终，但觉其音响之悲而已。此二句倒装得有力。“驰情”二句，描写入神，明知乐不可保，又恐岁暮之速，“整巾带”而“沉吟”，至于“踯躅”徘徊，想不出个法子来；仍然循了旧辙，沉情声色，思如“双燕巢屋”，聊复尔尔。结得又超脱，又缥缈，把一万世才子佳人勾当，俱被他说尽。一说“晨风”“蟋蟀”指诗篇名，亦通。

驱车上东门

此诗另是一宗笔墨。一路喷泼，不可遏抑，韩潮苏海，皆本于此。上东门在东北，故次句即接曰“遥望郭北墓”。因“白杨”“松柏”，想到“黄泉”死人；“陈”字妙，“永”字妙。此处越说得很，下文越感叹得透。“浩浩”二句，从上文咏叹而出，言所以有生有死者，因阴阳换移所致。故危若“朝露”，不能固同“金石”，虽万岁千秋，只是生者送死，生者复为后生所送；即至圣贤，莫能逃度。言至此，将遥遥千古，茫茫四海，一扫净光矣。意者其神仙乎？然“服食求仙”，“多为药误”，夫复何益！“饮美酒”而“被纨素”，且乐现在罢了！

去者日以疏

此与前一首用意相同，前八句笔情亦似；至后二句，笔情宕漾，另是一种。起二句是“子在川上”道理。茫茫宇宙，“去”“来”二字概之；穰穰人群，“亲”“疏”二字括之。去者自去，来者自来；今之来者，得与未去者相亲；后之来者，又与今之来者相亲；昔之去者，已与未去者相疏；今之去者，又与将去者相疏；日复一日，真如逝波。“出郭门直视，但见丘与坟。”“但见”妙，无人不到这般田地，岂独成坟，日复一日，即坟亦难保。试看“古墓犁为田，松柏摧为薪”，“白杨萧萧”，安得不愁？说至此，已可阁笔；末二句一掉，生出无限曲折来。日月易逝，岁不我与，不如早还乡闾，幸向所亲者未尽死去；安可蹉跎岁月，徒羁他乡？无如欲归虽切，仍多羁绊，不能自主，奈何，奈何！此二句不说出所以不得归之故，但曰“无因”；凡羁旅苦况，欲归不得者尽括其中，所以为妙。

生年不满百

此与前二首用意颇同，只起二句便令人击碎唾壶。“生年不满百”，把夭者且不必说，即以寿论，且不满百，而所怀者乃有千岁之忧，营营逐逐，何时是了；计惟有抛开一切，游行自得方好。又苦昼短夜长，故唤醒一句曰："何不秉烛游？"尝见世人白日忙碌，夜里方得消闲，读此不觉失笑。"为乐"二句，承上文足二句。然人可乐而不乐者，大半是愚而惜费，窖金徒积，百年已满；忧且不得，况于乐乎？亦徒为后人嗤而已！末二句又用轻松之笔，将人唤醒，仙不可学，愈知费不可惜矣。当与蟋蟀、山枢同读。

凛凛岁云暮

前首是就一生通盘打算，此又就一年打算。不独为自己打算，又为所欢打算。清风戒寒，时所必至也。至于"岁已云暮""蝼蛄鸣悲"，乃知"游子"之苦。因转思曰，倘使拥锦衾而对同袍，乐当何如？至于同袍违我，"累夜""独宿"，谁之过与？当此时耳听蝼蛄，遥怀洛浦，因想成梦，同袍之"容辉"如见矣。下数句皆梦境也。"良人"即"同袍"，以己心度彼心，知其所眷者惟古昔之欢爱，因枉驾而来，且言"愿得常巧笑，携手同车归"，何等缠绵！何等恩爱！"古欢"二字妙，凡世之喜新交弃故知者，不值半文矣。至此已写乐极，不知岁暮之可悲，惜也其梦也。既是梦，所谓"枉驾惠前绥"者，不能须臾，又不能处于重闱之中而不去，然则将如之何？除非凌风飞去而后可。"亮无晨风"之"翼"，何能奋飞，惟有"睐盼以适意"，"引领"遥望而已！此时似梦非梦，半醒不醒，蝼蛄满耳，凉风满窗，"徙倚感伤""垂涕沾扉"，不知良人亦同此苦否？

孟冬寒气至

此首前半与上首同意，至“客从远方来”，别开境界，别诉怀抱，所谓无聊中无端怀旧，亦欲借以排遣也。“孟冬”二句，较前首深一层。“愁多知夜长”，非身试者道不出。夜不能寐，于是“仰观众星”，“三五明月满，四五蟾兔缺”，可见夜夜如此，月月如此，非止一时不寐而已。写至此，无可聊赖。梦境无凭，求之于实，人不可见，寄之于书，夫书札又何刻去怀哉？其书“上言长相思，下言久别离”；彼既关怀，我自珍重；因置书怀袖之中，虽三年之久，亦不使字少漫灭，是子之心我固能识察矣。但我之心抱此区区，与君远隔，反惧不识察耳。怀袖置书，是虚境，并遗我一书札，亦是设想，总是无可奈何之词。

客从远方来

此首仍接上首而深言之。盖单言“书札”，不足尽彼之心，即我之心有未尽也。总是设言，总是虚境。念及“相去万馀里”，其间岂无浮云障蔽，谗言间阻；故人竟从远方而遗之；说到“心尚尔”，感慨泪下矣。因即“一端绮”畅言之，“文彩双鸳鸯，裁为合欢被”，于不能合欢时作合欢想，口里是喜，心里是悲；更“著以长相思，缘以结不解”，无中生有，奇绝幻绝。说至此，一似方成鸾交，未曾别离者。结曰“谁能”，形神俱忘矣；又谁知不能别离者现已别离。“一端绮”是悬想，“合欢被”乃乌有也。

明月何皎皎

此首起四句与“孟冬寒气至”数句用意颇同。神情在“徘徊”二字。把客中苦乐，思想殆遍，把苦且不提，“虽云乐”亦是“客”，“不如早旋归”之为乐也。审之又审，自当决绝，莫可犹疑；一鞭明月，归来非迟，则向之徘徊者不必徘徊矣。然而或为名利，或为君友，欲归不得，有无限愁思，难以告人；所以念及归而“引领”，念及不能归而“还入房”，至于“泪下沾衣”，何其惫也！与第一首不必一人作而神回气合。即中间十七首，不必尽出一手，尽出一时，而回环读之，无不筋摇脉动。观止矣！虽有他诗，不必说也已！

此等诗不必拘定一说，正不可不为之说。钟伯敬谓：“古诗以雍穆平远为贵。乐府之妙，能使人惊；十九首之妙，能使人思。其性情光焰，常有一段千古长新不可磨灭处。”思之，思之。吾愿学诗者从此入手，忠臣孝子，义友节妇，其性情皆可从此陶铸也！

古诗十九首说序

十九首，诗学之权衡也。上承三百，下启千百代，得其意一以贯之矣。岁戊子，三冬围炉，余从笥河先生纵谈今古，每说诗，辄以十九首为归。细绎妙绪，陶淑性灵。或一夕两三首，或间夕一首，数夕一二首。至嘉平月八日之夕，说始竟。余次晨即别先生归，途次长吟默思，反覆问辨，时翛然洒然，风发泉涌，贯经史，括情事，神来如风曳祥云，缥袅晴空；迷离若万斛舟撞巨浪而去。钟铿罄戛，五音极阒；而鼎盘苍穆，色韵并古。盖先生移我性情矣。己丑山居，庚寅来都，辛卯亦在都，镂刻旧说不敢忘，然未落笔墨也。届九月，先生奉命为督学安徽使时，又将别先生。因于别前数日，细意诠述，成若干言，用质同学诸君子，庶善悟者月印千潭，以之绍三百隳括六朝唐宋等作者。文海无边，如遍听笥河师挥麈而谈也。乾隆壬辰黄钟上浣平阳徐昆后山书于京都邸舍。

古诗十九首说序

古诗十九首作者非一人，亦非一时，自昭明叙其次第，登之文选，论五言者，咸以是为圭臬，不可增减，不能移易。后人欲分"燕赵多佳人"以下别为一首，所谓"离之则两伤"也。或又疑生年不满百一篇隳括古乐府而成之，非汉人所作，是犹读魏武短歌行而疑鹿鸣之出于是也，岂其然哉？临汾徐君后山，倜傥奇士，予尝见其传奇数种，已心异之；兹所刊古诗十九首说，则本吾友笥河学士谳谈之馀论推衍而成者也。昔考亭论诗，于先儒训诂多有改易，盖取孟子"以意逆志"之指。十九首者，三代以下之风雅也，读后山之说，使人油然有得于"兴观群怨""事父事君"之义，其亦古诗之功臣而足裨李善诸家训诂之未备者乎？癸巳正月三日，嘉定钱大昕序。

六　古诗十九首赏析

张玉穀

行行重行行

此思妇之诗。首二，追叙初别，即为通章总提，语古而韵。

"相去"六句，申言路远会难，忽用马鸟两喻，醒出莫往莫来之形，最为奇宕。"日远"六句，承上转落，念远相思，蹉跎岁月之苦；浮云蔽日，喻有所惑；游不顾返，点出负心，略露怨意。末二掣笔兜转，以不恨己之弃捐，惟愿彼之强饭收住，何等忠厚！

青青河畔草

此见妖冶而儆荡游之诗。首二以草柳青青郁郁，兴起芳年之女。"盈盈"四句，就所见之女，叙其不耐深藏，艳粧露手，已为末"空床难守"埋根。连用叠字，从卫硕人末章化出。后四点明履历，而以荡子不归，坐实空床难守；其为既娶倡女，而仍舍之远行者，致儆深矣。

青青陵上柏

此游宛洛以遣兴之诗。首四以柏石常存，反兴人生如远行之客，不可久留，即引起及时行乐意。"斗酒"四句，以饮酒固乐，陪起车马出游，随点清出游之地。"洛中"六句，铺叙洛中冠带往来第宅宫阙之众多壮丽，色味敷腴。末二点清行乐，即掣笔将他人不知行乐之非，反扑作收，矫健之甚。

今日良宴会

此闻豪华之曲而自嘲贫贱之诗。首四以得与宴会，乐听新声直叙起，"弹筝逸响"是陪笔，"新声"指曲，乃主笔也。"令德"四句，即闻曲暗引富贵可欲，却以人虽贵德跌入，又以人心皆然剔醒，曲甚幻甚。后六顶上两句，将人生不久，乐富贵厌贫贱，普天下所齐心含意者尽情倾吐，感愤自嘲不嫌过直。

西北有高楼

此忠言不用而思远引之诗。通首用比。首四以“高楼”比君门，君门在西北，故曰“西北”。“结窗”“重阶”，有谗谄蔽明意。中八以悲曲比忠言，孤臣寡妇，正是一类，故以杞妻为喻，叙次委曲。末四以“歌苦”“知希”，点醒忠言不用，随以“愿为黄鹄高飞”，收出不得已而引退之意，总无一实笔。

涉江采芙蓉

此怀人之诗。前四先就采花欲遗，点出自己之所思在远。“还顾”二句，则从对面曲揣彼意，言亦必望乡而叹长途。后二同心离居，彼己双顶；忧伤终老，透笔作收；短章中势却开展。

明月皎夜光

此刺贵人不念旧交之诗。首八就秋夜景物叙起，然时节忽易，已暗喻世态炎凉；蝉犹鸣，燕已逝，又暗喻己与友出处不同也。中四点朋友之贵而弃我，作诗之旨，至此始揭。末四意谓朋友之交，当同盘石，今则虚有其名，真无益也。然直落则气太促，亦无意味，妙在忽蒙上文众星历历，借箕斗牵牛，有名无实，凭空作比，然后拍合，便顿觉波澜跌宕。

冉冉孤生竹

此自伤婚迟之诗，作不遇者之寓言亦可。首四以竹生泰山，兔丝附萝，为结婚两层比起。然孤竹结根，有不移意，直贯章末；丝萝则为及时作引。“兔丝”六句接兔丝，指出夫妇之会有宜，点清路远婚迟。“令人老”又暗引下意。“伤彼”四句，顶婚迟来，伤盛年易逝也。然正说无味，妙就“蕙兰”凭空比出，是为实处能虚。末二代揣彼心，自安己分，结得敦厚。

庭中有奇树

此亦怀人之诗。前四就折花欲遗所思引起。“馨香”二句，即馨香莫致，醒出路遥。末二更即物不足贡，醒出别久。层折而下，含蓄不穷。

迢迢牵牛星

此怀人者托为织女忆牵牛之诗，大要暗指君臣为是。诗旨以女自比，故首二虽似平起，实首句从对面领题，次句乃点题主笔也。中四接叙女独居之悲，既曰“织女”，故只就“织”上写。末四即顶“河汉”，写出彼边可望而不可即之意，为“泣涕如雨”注脚，即为起手“迢迢”二字隐隐兜收，章法一线。

回车驾言迈

此自警之诗。前六即出游所见，触起人生易老。“所遇无故物”句，真足感人。中二承上作转，言老固难辞，但苦立身不早，点清诗旨。末四又承上申明所以必老之故，直就身后荣名可宝，缴醒立身当早意，收住劲甚。

东城高且长

此伤年华易逝，未得事君之诗；至篇末始揭作意，极难索解。首六即望中时物变迁，引起年华易逝意。"晨风"四句，赋中带比，落出"荡涤"胜于"结束"来，作开笔曲笔。"燕赵"六句，意转合到学优不仕之可惜，然不便显言，特借燕赵佳人，美颜华服，理瑟音悲，作一比拟，意境最超。"弦急柱促"，又隐为"岁暮何速"一兜。末四遥接"荡涤"二句，收清思出事君。巾带既整，犹复沉吟，何等详慎！点逗本意，却又借燕为比，总无实笔，故佳。〇此诗前后似不连属，分为两首，则又皆无结构，悉心订定，庶几能谛当也。

驱车上东门

此警妄求长生之诗。首八即出门所见墓田景象萧飒，以明人死不能复生，原自可怜。中六承上递落，反覆申明人必有死之理。末四点清痴想求仙，俱为药误之有损无益，一诗之骨，而以不如甘饮华服，取适目前收足之。

去者日以疏

此客中经过墟墓，有感而思归之诗。首二逆探下意，双提而起，笔势耸拔；言死而去世者固宜日疏，若生而与我相接者则宜日亲也。中六申写所见丘墓摧残悲愁之况，本是触绪之端，却恰作日疏印证。末二点清欲归不得。作诗之旨，又恰从日亲转落，言何心宜亲而不能亲，是可慨也。转接处纯以神运，无怪乎阅者目迷。

生年不满百

此刺贪夫戚戚之诗。首四突然将人生年促忧长，为痴忘者当头棒喝；随就光阴宜惜，指出夜游良策来。中四承上二句，申明行乐所以贵乎及时，以来兹岁月，为数难知，不能待耳；而愚者昧昧，不知为乐，盖惜费是其病根，受嗤乃其明验，诗旨已揭。末二更以仙人难期，破其迷惑，兜应首句及“何能待”句作收，不重仙不可求意。

凛凛岁云暮

此亦思妇之诗。首六就岁暮时物凄凉叙起，随以彼之无衣御寒，引入己之有衾空展，曲甚。中八蒙上锦衾，点明“独宿”，撰出一初嫁来归之梦，叙得情深义重，惚恍得神，中腰有此波澜，便增多少气色。后六则醒后实境也。既不能身到彼边，而又望之不至，无聊无赖，徙倚涕垂，真写得相思苦况出。

孟冬寒气至

此亦思妇之诗。首六只就冬夜之景叙起，“愁多”二字，已引诗情；月圆月缺，又隐为昔合今离作比。中四忽追念彼边曾有书来，其意可感，将远方久别长思，借点明白。末四递落己边得书宝重，终恐区区之诚不蒙识察收住。“三岁”句用笔最妙，盖置书怀袖至三岁之久，而字犹不灭，既可以作区区之证，而书来三岁，人终不归，又何能不起不能察识之惧？古诗佳处，一笔当几笔用，可以类推。

客从远方来

此亦思妇之诗。通首只就得绮作被一事见意。首四以客来寄绮直叙起。即就路远心诚，深致感激，十字中能写出无穷惊喜之意。中四因绮文想到裁被，并将如何装绵，如何缘边之处，细细摹拟，嵌入"合欢""长相思""结不解"等字面，着色敷腴。末二更算到同眠此被，永不相离之乐；而望其归来意，绝不少露，已在其中，解此正笔反用，自然意境空灵。说到同眠，易于伤雅，以"胶投漆中"比出，亦极蕴藉。

明月何皎皎

此亦思妇之诗。首四即夜景引起空闺之愁。中二申己之望归也。却反从彼边揣度"客行虽乐，不如早归"，便觉笔曲意圆。末四只就出户入房，彷徨泪下，写出相思之苦，收得尽而不尽。〇十九首或寓言或显言，或易解或难解，要之清和平远之中，具有离奇变化之妙。学者苟熟读深思，得其用意用笔诸秘钥，自能上追风雅，俯视六朝。

自古诗赏析

七　论古诗十九首　方东树

十九首须识其天衣无缝处，一字千金惊心动魄处，冷水浇背卓然一惊处。此皆昔人甘苦论定之言，必真解了证悟始得力。

行行重行行

此只是室思之诗。起六句追述始别，夹叙夹议。“道路”二句顿挫断住。“胡马”二句忽纵笔横插，振起一篇，奇警；逆摄下游子不返，非徒设色也。“相去”四句，遥接起六句，反承“胡马”“越鸟”，将行者顿断，然后再入己今日之思，与始别相应。“弃捐”二句，换笔换意，绕回作收，作自宽语，见温良贞淑，与前“衣带”句相应。“衣带”句如姚姜坞据穀梁传解作优游意，则是指行者，连下二句作一意；然无理无味。如解作“思君令人瘦”意，则为居者自言，逆取下“浮云”句，含下思君加餐，文势突兀奇纵。“白日”以喻游子，“云蔽”言不见照也，兴而比也。班姬自悼赋曰“白日忽已移光”，亦此意；而温厚不迫，与杜公“在山泉水清”同一用意，用笔怨而不怒，一则“加餐”，一则“倚竹”，真是圣女性情。凡六换笔换势，往复曲折。古人作书有往必收，无垂不缩，翩若惊鸿，矫若游龙，以此求其文法，即以此通其词意，然后知所谓“如无缝天衣”者如是，以其针线密，不见段落截缝之迹也。此诗用笔用法，精深意细如此；亦非独此一篇为然，凡汉魏人鲍谢杜韩无不精此法，自赵宋后文体诗盛，一片说去，信手拉杂，如写揭帖相似，全不解古人顺逆起伏顿断转换离合奇正变化之妙矣。旧解云：“首言‘行行’，远也；次言‘行行’，久也。自起至‘越鸟’八句言远，完上‘行行’二字；‘相去’以下八句言久，完下‘行行’二字。”噫！如此解诗，而世方且信而传之！可叹也！

青青河畔草

“草”兴荡子，“柳”自比，二句横作影案“盈盈”四句，始言自己，夹写夹叙。“昔为”四句，叙情归宿。用笔浑转精融。以诗而论，用法用笔极佳；而义乏兴寄，无可取。此诗以叠字为奇，凡三换势。何义门云：“倡乐闭之总章。”按“总章”见晋阳春秋。

青青陵上柏

言人不如柏石之寿，宜及时行乐。“驱车”以下衍承之。遂极其笔力，写到至足处。然今日已成陈言，后人多拟学之，无谓也。

今日良宴会

起四句平叙，“令德”四句倒装，豫摄通篇，精神入化矣。所谓“高言”“曲真”者，即上之“新声”也，即下“人生”六句也。“令德”曲之情，“高言”曲之文，以求富贵为令德高言，愤谑已极而意若庄，所以为妙。而布置章法，更深曲不测，言此心众所同愿，但未明言耳。今借“令德高言”以申之，而所申乃如下所云云，令人失笑而复感叹，转若有味乎其言也。此即申上青青陵上柏一篇，而缥缈动荡，凭虚幻出蜃楼海市，奇不可测。庄子盗跖篇言不矫情伤生，以求声名富贵，同此愤谑。

西北有高楼

此言知音难遇，而造境创言，虚者实证之，意象笔势文法极奇,可谓精深华妙。一起无端,妙极。五六句叙歌声。七八硬指实之以为色泽波澜,是为不测之妙。“清商”四句顿挫,于实中又实之,更奇。“不惜”二句乃是本意交代,而反似从上文生出溢意,其妙如此。收句深致慨叹,即韩公双鸟诗、调张籍“乞与飞霞佩”二句意也。此等文法从庄子来。支微齐佳灰为一部,于此可见。不过言知音之难遇,而造语造象,奇妙如此。

涉江采芙蓉

此诗节短而托意无穷,古今同慨。顾对涉江而言之,“涉江”“旧乡”,意用屈子。言旧乡莫予知,故涉江而求知音。求而多得,终亦相与为无所遗。“远道”即指黄农虞夏也。“旧乡”本昔与远道之人所同居,今反远而漫漫,所以终老忧伤也。

明月皎夜光

感时物之变,而伤交道之不终,所谓感而有思也。后半奇丽从大东来。初以起处不过即时即目以起兴耳,至“南箕北斗”句,方知“众星”句之妙。古人文法意脉,如此之密。汉之孟冬,今七月也。“秋蝉”喻友之得志居高,“玄鸟”兴已失所。下四句点明之。“虚名”即指箕、斗、牛之名。写时景耳,而措语高妙。

冉冉孤生竹

何义门曰:“孤竹是兴,兔丝是比。”余谓此诗即孔子“沽玉待价”,孟子周霄问章之旨。“兔丝生有时”二句,言两美宜合,然古之人未尝不欲仕,又恶不由其道,所谓“高节”也。二句正言反对下文以顿断之。下“千里”二句，乃纵言之。“思君”二句，交代晚而不遇本意，为一篇枢轴。“蕙兰”喻中之喻，比而又比也。四句又顿断。“君亮”二句，逆挽“会有宜”，结出“高节”，收束通篇。不言己执高节，却言君亮非不执高节弃贤不用者，此等妙旨，皆得屈子用意之所以然。

迢迢牵牛星

此诗佳丽只陈别思，旨意明白。妙在收处四语，不著论议，而咏叹深致，托意高妙。郑笺东病而西不报，故不成章。

回车驾言迈

起二句纵断。“悠悠”句以比世运。下纵荡往复言之。言迈涉长道，言人生世进德修业无穷。“四顾”十句，言感草木而易老。“立身”“荣名”分二意，一老一死，皆倒接。此言人生不常，忽与草木同尽，“疾没世而名不称”，意旨极明白，而气体高妙，语质而豪宕，更胜妍辞丽色。

东城高且长

局意与前篇相似，但此言放志，彼言立名，相反不同。十九首诗非一人所作，故各有归趣也，“回风动地”六句，与“东风摇百草”各极其警动，陶公饮酒第二三章亦如此。

燕赵多佳人

断为另一首。“音响”以下，情词警策遒紧。此篇兴喻明白，同迢迢牵牛星，而此无甚精美。

驱车上东门

此诗意激于内而气奋于外，豪宕悲壮，一气喷薄而下。前八句夹叙、夹写、夹议，言死者；“浩浩”以下十句，言今生人。凡四转，每转愈妙，结出归宿。汉魏亦有尚气势者，如此诗及下二篇是也。与行行重行行等篇又是一副笔墨；西北有高楼又另是一副笔墨；十九首非一人作也。此诗及下二篇，已开陶公。

去者日以疏

气格略与上同。此归宿在睹此当思息机，勿妄逐世味，但苦未能归耳，意更悲痛。颜子不远复，屈子及行迷之未远，庄子惜以有涯逐无涯，去人愈远，则不得归矣。喻意逐世味者，同归于一死，而不知反身求道。只此二篇，古今之人不能出其意度之外矣。韩公拟之作秋怀。“去者”，死者也，“疏”，远也，用吕氏春秋。末二句突转勒住，如收下坡之骏。古人笔法高绝，后人不解久矣。

生年不满百

万古名言，即前驱车篇意，而皆重在饮酒及时行乐，是其志在旷达。汉魏时人无明儒理者，故极其高志，止此而已。君子为善，惟日不足，一息不懈，死而后已，固不可以是绳之耳。起四句奇情奇想，笔势峥嵘飞动。收句逆接，倒卷反掉，另换气换势换笔。

凛凛岁云暮

前六句叙因由游子念其夫也。"锦衾"句以宓妃自比,言其初与游子相结也。"同袍"句点别。"独宿"二句,章法以一"梦"字摄下,顿叙交代。下六句接承说梦。"亮无"六句,因梦而思念深,杜公梦李白诗所从出。"眄睐",寻梦也,即"落月照屋梁"意。不过思妇之词,而深妙如此。

孟冬寒气至

与前篇大略相同。"三五"二句,言日月易迈,以起下久要不忘。而后半即承此意,言诚素不忘久要。政与明月皎夜光篇虚名不固者相反。此孟冬夏令也。

客从远方来

此亦与前篇相似,即彤管之贻,韩公寄崔立之后言"双觞"亦此意。即绮借作双关喻意,奇情奇想。思借作丝意。结句以正意结上喻物。"此"即指上喻物也。旧解非。"相去"二句,夹在此为文法,后人必置此于"胶漆"句上,而文势平近无奇矣。

明月何皎皎

客子思归之作,语意明白。见月起思。一出一入,情景如画。以"客行"二句横著中间,为主句归宿,与前篇"相去万馀里"二句同,后人必移此作结句,自以为有馀音者,而不知其味反短也。

自昭昧詹言

八　月午楼古诗十九首详解

旌德饶学斌勉庵甫著

总旨○此遭谗被弃，怜同患，而遥深恋阙者之辞也。首节总冒，标“会面安可知”“思君令人老”二句为柱；自其三至其七为一截，承“会面安可知”一柱而申之；自其二其八至其十六为一截，承“思君令人老”一柱而申之。其十七收束思君；其十八收束思友；末以单收下截结。○上截自“青青陵上柏”至“涉江采芙蓉”，由春及夏；既而“促织”“秋蝉”，由夏及秋；七节由秋及冬，而特自孟冬画断。下截自“青青河畔草”至“绿叶发华滋”，由春及夏；既而“秋草”“白杨”，由夏及秋；至末由秋及冬，亦特自孟冬画断。上截“明月”“白露”“南箕”“北斗”等项，特表夜景；下截“长夜”“夜长”“明月”“蟾兔”等项，亦特表夜景。情事则两意相承，时景已一丝不乱。又上截曰“游戏宛与洛”，下截曰“驱车上东门”，又曰“锦衾遗洛浦”，宛属南阳，洛属东都，上东门即东都；意此君殆汉末党锢诸君子之逃窜于边北者，此什其成于汉桓二年孟冬下弦夜分之际者乎？通什绮交脉注，脉络分明，不特于此可见，此尤显而易见者也。或谓十九首非出于一人一时之事，亦未将全诗并读而合玩耳！

行行重行行

此节为通什总冒。首二句为一节总冒；下横竖两层，止申发首二句，乃文家虚提实演法。“相去万馀里”，言生别离者，乃远别离也。此六句归并在“道路阻且长”二句，因弃捐而怜念同患也。“相去日已远”，言生别离者，乃长别离也。此六句归注在“思君令人老”二句，因弃捐而遥深恋阙之思也。其截分两解，可即其换韵处决之；夫四支之韵最广，作者之才极大，以极大之才，押最广之韵，一气挥去，虽百韵可矣；其陡然换韵，盖恐阅者不察其意，故明示以换韵换解之常法，以标眉剔目而出之也。又可于用字用意分贴稳切处见之：夫曰“各”，曰“会面”，曰“南北”，此分谊相等，尔我同侪，直平等观者，非可概之于尊长也。虽属愚氓，亦共知君父之尊，曰“朝君”，曰“觐君”，曰“出告”，曰“反面”，必不敢于君父而曰“会面”也；即不敢彼此平衡，而曰“南”，曰“北”，曰“各”也；此上截“思友”确是“思友”，断不得混作“思君”也。夫日者君象也，“浮云蔽日”，所谓“公正之不容也，邪曲之害正也，谗谄之蔽明也”，此孤臣孽子之所自伤者也。至曰“游子”，曰“思君”，明乎其为臣子也，此下截“思君”确是“思君”，断不得混作“思友”也。末二句结出“弃捐”，乃十九首本旨，此文家小讲后入题，以结为领法。○行之不已曰“行行”，益之曰“重行行”，斯天长地阔，下横竖两层，俱隐括此五字中。○“悲莫悲于生别离”，楚辞也，感深于君臣之际者也，其情辞切挚，已惨不自胜，所谓“一声河满子，双泪落君前”，斯不仅言者心伤矣！○三四句递到“道路阻且长”，七八句申足“会面安可知”，盖依于北者无由而南，巢于南者无由而北，斯亦安有会期也？故此层归并在中二句，若下层归注于“思君”二句，意甚明显。○“弃捐”固全什本旨，别离之根由也。若稍一沾滞，便呆相矣；妙在“勿复道”三字，随入随撇；“弃捐”二字，直如鸿爪掠雪，用笔真极灵颖。○末句勉以“加餐饭”，尤为要言不烦。凡人忧思伤脾，每至顿减饮食，因以逐日瘦损者多矣；甚而劳瘠捐生者有矣。能“加餐饭”，庶有豸乎？然非“努力”不能也。此真明于世故，老于人情而并深于养生之术者，勿作寻常劝勉话头，忽略看过！

其二其三节目〇文家之提比也。上节横竖二柱，非矗对门板柱，乃意分轻重者也。门板柱可矗对，意分轻重必截发，此文家定法也。轻者则从其简，特申发于前；重者务致其详，必申发于后；亦定法也。局既截发，属在提比，则出比必先按下截，对比乃徐引上截，此文家定法也。出比按下截，非呆按下截，必兼与对比关动；对比引上截，非漫引上截，必紧从出比转关；亦定法也。又提比下赶通篇去，必上跟小讲来；按其二紧承上节“弃捐”二字而申之，其三乃兼承“弃捐勿复道”五字而申之，则准以文家提比之法，已无一不合于法也。〇文家曰，篇如股，股如句；诗亦若是也。前三首安顿题面，即通什之线索皆伏焉，斯文家之篇如股者矣；首节统括在“与君生别离”，二节统括在“今为荡子妇”，三节统括在“忽如远行客”，斯不即文家之股如句者乎？〇“青青河畔草”以草发端，“将随秋草萎”以草寄慨，“东风摇百草”于草转关，“秋草萋已绿”乃于草结穴。其三起笔曰“磊磊涧中石”，其七结笔曰“良无盘石固”，“涧中石”者即“盘石”也。以此始者以此终，即起手之一草一石，全什已绮交脉注焉。又两节起笔皆偶句，两节起笔皆兴体，上下遥对，明示人以对比，明示人以两节皆提比也。

青青河畔草

此节上申“弃捐”，下领“思君”，逐层贯注，归重在末三句。“今为荡子妇”，提起“与君为新婚”，为“思君”发端；“荡子行不归”，提起“过时而不采”，为“老”字立案；“空床难独守”，则自“贱妾亦何为”，至“独宿累长夜”，“愁多知夜长”，及末节“照我罗床帏”，“忧愁不能寐”等语，一总提起，皆如网在纲矣。○首二句固属兴体，其意非仅因物起兴：草曰“青青”，志盛也，且纪时也；曰“河畔”，志地也。盖草于初春甲坼，色嫩黄，稍长，色渐青，三春极盛，则全青，自夏徂秋，则绿缛而深青。夫曰“青青”，其方兴未艾，志盛也；亦阳春烟景，纪时也。汉之中兴，东都河南，其曰“河畔”，河字须坐实，非泛言水边也；与下节宛洛，及下截驱车上东门，锦衾遗洛浦，皆纪地也。○“盈盈”四句，非特画一美人图；夫女于楼上而当窗牖，装红粉而出素手，是直特地画出一娼家女耳。妙在一“昔”字揭过，归结到“今为荡子妇”，则上“盈盈”“皎皎”“娥娥”“纤纤”，其重叠堆累者，胥一举而空之，举凡为楼、为窗、为红粉、为素手，悉属镜花水月矣。其申“弃捐”而托诸弃妇，亦犹后人闺词之类，而此实不得已也。盖此与下节固一提“思君”，一提“思友”，不为区分，恐阅者无所区分，一齐带入葫芦国耳。缘不得已而用化身之法，思君则化为弃妇，思友则化为行客；盖不如是则意旨之分途各见者，无由共见也。○客有进而致诘者，谓：“思君而托诸弃妇，犹后人闺词之类，亦诗家常径也；但人不宜妄自菲薄也，于君尤不当妄相菲薄也！托身弃妇，而猥曰娼家女；寓意思君，而曰为荡子妇；则待其君者，既薄而不厚；即所以自待者，不更贱且卑哉？且妇者夫之敌，自卑即卑其夫，自贱即贱其夫矣。历来选家，谓是什亦风亦雅，固三百篇之遗也，曾诗教之温柔敦厚者，顾若是乎？”应之曰：“然，宜子之有是疑也。微特子也，即历来选家，谓十九首不必一人之辞，一时之作，硬将此什割作十九橛者，其全什看未融，先由此首看未融，实由此‘娼家女’‘荡子妇’六字看未融，是此什之疑莫能明也久矣！即选家之疑不能明者多矣！所疑又宁特子哉？吾每读是诗，辄不禁抚卷太息焉。曰：甚哉！作者之忠厚也！今夫君臣夫妇，其道同也；则明乎妇道，而臣道可类推。第与子言妇道可矣，第与子言弃妇所当自处之道而可矣。夫妇而见弃，其当弃者耶？不当弃者耶？当弃而弃，妇之过也，非弃之者过也；不当弃而弃，妇无过也，斯弃之者过也。夫君子去国，固不洁其名矣，曾妇之大去而顾重累其夫哉？斯无论当弃不当弃，惟先自处以有可弃者，庶可为弃之者分过也。其自破口曰‘娼家女’，七出惟淫居最，若因大故而见弃，斯弃之者之非过益白也。夫臣之于君，子之于父，妇之于夫，皆所天也。天不可仇，则逢天亶怒，在己惟负罪引慝，且深以自怨自艾者，于田号泣者，此志也；臣罪当诛者，亦此志也。则甚矣作者之忠厚也！按以诗教之温柔敦厚，不若合符节哉？致疑以荡子目其君，亦狃其名而未核其实也！志有之：人有生而去其室家者，曰‘荡子’。‘荡子’犹云‘游子’耳。则‘荡子’岂恶名哉？在昔高祖之对太公曰，‘大人尝以臣无赖’，夫‘无赖’谓游荡不事家人生产也，则当帝业未成时，在太公视之，不且以高祖为‘荡子’乎？且夫作人而得如大禹焉，亦可止矣。事君为万古之纯臣，作君为万古之圣主，干蛊为万古之孝子，底绩为万古之仁人，当八年于外，三过不入，自涂山氏视之，未必不目以'荡子'也，则'荡子'岂恶名哉？""然则'荡子'固美名乎？"曰："非美名也。""非美名不即恶名乎？"曰："然，固恶名也，作者固有甚不得已者也。善乎子舆氏之言曰：'诵其诗，读其书，不知其人可乎？'是以论其世也。盖尝盱衡往事，窃叹昏明仁暴之无独不有偶也。于唐有尧，虞则有舜焉；周有成康，汉亦有文景焉。斯仁且明者，固无独不有偶矣。于夏有桀，商则有纣焉；周有幽厉，汉即有桓灵焉。斯昏且暴者，亦无独不有偶也。当汉之季，党锢之祸烈矣，此武侯所谓叹恨痛惜于桓灵也。彼诸君子生当其际者，将与择君而事之，则前之者桓也，后之者灵也，求如幽厉之间以中兴之宣而不得也。其脱口曰'荡子''荡子'云者，'彼狡童兮'，已隐深黍离麦秀之悲矣。斯言方哀而已叹，抑急不择音也已。"

青青陵上柏

此节上申"弃捐勿复道"，下提四五六七节之线。"磊磊涧中石"，逆提七节"良无磐石固"；"忽如远行客"，遥提六节"所思在远道"；中间"斗酒""第宅"，分提四五"今日良宴会""西北有高楼"；其绮交脉注，下四节皆如网在纲矣。通节归注在末句，发端在四句。夫"人生如客"，复"戚戚"何为？即末句已伏，而暨其脑矣。中间两层，皆自"客"字生出。盖斗酒娱乐，驱策游嬉，皆客睨也。〇首句承上节转，妙在用"青青"字互相带映，谓吾兹所感负愧此"青青"也。自"我生不辰"，我爰有感于"青青河畔草”;亦“吾生有涯”,吾转有感于“青青陵上柏”焉。其斗榫接缝特恁地紧凑。末句与上节应,妙在翻用“戚戚”字,遥相激射,谓吾人所处,宁长此戚戚乎?夫遇人不淑,空床难守,此戚戚者情孔迫矣;而人生适志,心意堪娱,此戚戚者何所迫哉?其转应呼唤,亦恁地紧凑焉。中两层于提比内伏中比,即于一比内开出中两比,此文家柱中生柱法。“斗酒”两句为一柱,“驱车”八句为一柱,乃文家长短股法。“斗酒”“驱车”系两层,而下特详游一层;“游戏宛洛”系两处,而下又特详洛一处;此文家双落单承法,要其意之所重,特在洛也。微窥其意,“洛中”六句,俱疑有内意焉。“冠带自相索”,有不忘所自者也。“相索”者,声相应气相求也;“自相索”,则声气各自相应求,为朋为党也。凡曰君曰俊,其互相标榜,务为名高;迨连而相及,百尔君子,不胥以虚名贾实祸乎?夫朋党之祸,自东洛始,曰“洛中何郁郁,冠带自相索”,志始祸也;曰“王侯多第宅”,有不堪其多者也。四百载之宗藩,当既剪既除,值漏网而幸及宽政者,不必其果多也;廿四帝之外戚,其相倾相轧,承偏庇而不尽族灭者,亦不必其果多也;无何,彼豺狼当道,十常侍者皆列侯也。炀灶蔽日,则根据于朝;接栋连云,则蔓滋于国;彼何人斯,职为乱阶,一之已甚,而况多乎哉!“两宫遥相望”,有不遂其望者也。当日者祸烈矣,其赫赫业业,不可向迩,不可扑灭者,转惟玉是焚矣。积数百载之栽培遗植,而尽附一炉燎之,方扬以火德王者,顾不惜自焚乎?将伏阙陈书,方盛怒未回,无望其悔祸也。斯呼吁无从,惟有致感于君门万里者,则曰“两宫遥相望,双阙百馀尺”而已。客有咥然于座者:“先生误耶?或忘之耶?始且云何？兹复云然，不自矛盾耶？”应之曰：“然。我固谓是为内意，斯不言之隐也。其在易曰，‘书不尽言，言不尽意’，非不欲尽，盖不敢尽耳。孤孽者流，操心虑患，惟危惟深，所不得尽意尽言，可胜道哉？故于诗也，假物言情，深自匿其情，作者之体类皆然也。故说诗者以意逆志，不以辞害志，解人可索，意在斯乎？若犹是诗也，侈花鸟虫鱼之咏，骋风云月露之辞，情不切乎君亲，义无关于家国，徒事雕辞琢句，斯不如无诗也！亦犹是解也，琐琐于句比字栉，斤斤于叶律调声，意固泥而鲜通，言拘牵而寡当，仅取依文衍义，转不如无解也！”

其四其五节目〇此发挥正面，文家之中比也。中比必上根提比来，下赶后比去。其四“今日良宴会”，上根“斗酒娱乐”来；“轗轲长苦辛”，下赶“忧伤终老”去。其五“西北有高楼”，上根“第宅宫阙”来；“但伤知音稀”，亦下赶“忧伤终老去”。其绮交脉注，固秩如也。

今日良宴会

指归在末六句，特遥接首节“弃捐”二字而申之，细看十九首，止是“弃捐”二字。〇入手跟“斗酒”句直起，不用装头，此斩关直入手开门见山法。妙在“今日”字当前指点，语气现成，妙极自然，已为陶令“采菊东离下”、谢客“池塘生春草”等句，树以先声焉。〇接手玩其用笔松活处。凡作诗文，喜得是善参活句，忌得是磕着便死。首句用实，次句又用实，便紧促死煞了；参一活句，气局便松秀圆活。三句乃迎流而上，“弹筝逸响”，不嫌唐突，且有波属云委之观；四句参一活句；五六乃迎流而上，

"令德高言"等类,亦不嫌唐突,而有波属云委之观。于七八又参以活句。末六句乃迎流而上,即末四句之牢牢骚骚,举不嫌其唐突,而皆有波属云委之观矣。前半用笔之妙,逐层生出:从"宴"引出"筝",从"声"引出"曲",如春云乍吐,晓日初升,不令人一览而尽,已属绝好笔阵;更妙于中间略一间断,于理法节簇,胥妙焉。盖曲即"人生"六句云云也。使以"人生"六句径接识曲听真,则伤于直致,即语言少味矣。且一气直下,其独弦哀歌不止,为一已鸣冤乎?亦思斯所云云,顾谁为含愁耶?特插"齐心"二字于其中,斯为唱为听,不辨谁主谁宾,前后皆妙切同患而言矣。乃其陡然插入,意接而语不必接,神贯而气不必贯,其横空盘硬妥帖排奡,尤为绝妙笔阵。斯理法节簇,胥妙者也。更看其嵌空玲珑,用笔有镜花水月之妙。"人生"六句,其感忿之气,激楚之情,下截思君处,自用不着此肮脏话头,爰于思友处借以酒杯浇其块垒,庶几一泄此中忿激焉。苟剑拔弩张,不可向迩矣。看他鱼鱼雅雅,缓节安歌,闲闲从筝中弹出,曲中听出,大众举于心坎意愿中,将出而未出,若斯者有言耶?无言耶?有意耶?无意耶?以为有言,未出诸口;以为无言,已发诸声;谓是有意,藏而未露;谓是无意,含而将申。举感忿之气,激楚之情,人所畏威远罪,噤不敢发者,而此可倾囊以出;人所启衅招尤,动辄得咎者,而此等括囊之。贞理妙,法妙,而并使其情事俱妙,斯不得不叹绝此笔妙矣。曰"新声妙入神",作者之境诣,作者早已自为品评矣。○按此什绮交脉注,逐步皆相引相生。此节固与下相呼,其实正与上相应。上"戚戚何所迫""何所"二字,核实之辞,谓戚戚必有所由也。其戚戚者果何所迫哉？此正与相应。“奄忽若飙尘”与“忽如远行客”紧相对针。正惟“忽忽”，所以“戚戚”也。夫人生忽忽，顾不能策足要津，惟是穷贱而轗轲苦辛，苦此生矣；至守穷贱而轗轲长苦辛，不毕生苦乎？欲不戚戚，又恶得不戚戚哉？此不惟搔着痒处，当要害一针，直刺着了痛处，其痛彻心骨，直将同声一哭者，“座中泣下谁最多”，正恐此“戚戚何所迫”者先且老泪盈把也！○作者之妙，在妙乎其转。其三“斗酒相娱乐”“游戏宛与洛”“戚戚何所迫”，此即从饮酒相乐，特转出“戚戚”来，所谓“酒不解真愁”；下即从驱车游戏处转出“戚戚”来，所谓“信美非吾室”也。

西北有高楼

此紧跟三节四节而互申之，实遥接首节“弃捐”而递申之，因“弃捐”以摅其悲悼之情，十九首只是一个“伤”字，此合上节为中比，其局势层次亦相仿。上前六句承其三直起，发端于“识曲听真”一“真”字，以事言；此前六句亦承其三直起，发端于“音响何悲”一“悲”字，以情言。上于七句八句捺入“齐心同愿”，以按切同患；此于七句八句捺入“谁能”“无乃”，以按切同患。上阐实在末六句，归宿在“轗轲苦辛”，就事言；此阐发在末六句，归宿在慷慨哀伤，就情言。○首句“西北”二字，横看承前“两宫”“双阙”；“有高楼”承前“百馀尺”。二三四句，特申足一“高”字。五六以束为提。“弦”字束上“弹筝”，“歌”字束上“唱”字，“声”字束上“新声”，“悲”字束上“轗轲”“苦辛”。五句总束前文。六句随束随提，唤起慷慨哀伤等句。其相生相引，与上首同一笔阵。○至六七八句，极一喷一醒之奇。曰“一何”，曰“谁能”，当闻声索处，方不禁似愕如惊，而曰“谁能”，曰“无乃”，斯同病相怜，转不禁深怜痛惜矣！○七八九十倏若两意双行，似对非对，不对而对，有如往而复之妙。盖杞梁妻极悲之人也，清商极悲之曲也；非极悲之人，必无此极悲之曲者，谓斯情安放畴致此如怨如慕之真诚，则极悲之曲，定出自极悲之人者，将我怀如何实隐通此如泣如诉之苦衷矣。○“此曲”“识曲”，遥相激射；“此曲”“中曲”，紧相缀联。按师涓如晋，晋侯使奏新声，其曲未终，师旷遽止，曰：“此清商也。”则上曰“新声妙入神”，此曰“清商随风发”，脉络固一线相承。○十一十二“再三”字妙，“再三鼓”则弹及清商之“中曲”，正哀伤之节候，“馀”字尤与“一”字相激射得妙，谓何为其然，为是悯悯者一何悲耶？其有所不释，长此戚戚者，且有馀哀矣。○十三四句最妙在“不”字“但”字，松活得妙。盖逐层摅阐到“慷慨有馀哀”，凡中藏底蕴，必尽情倾泻矣。而尽情倾泻，即不免口重矣。看他放重笔，取轻笔，弃直笔，用折笔，掷死笔，拈活笔，轻轻一折曰“不惜歌者苦，但伤知音稀”，于最吃紧处，却极活泼泼地；伊不特此也，准以立言之体，凡事属当体，可直舒其意，若上关君父，务斟酌以出焉。兹以“知稀”申“轗轲”，是即以“知稀”影“弃捐”。夫操“弃捐”之柄者为谁，而宁径直陈也乎？抑不特此也，下结句“愿为”云云，乃文家反掉法，盖上文曰“悲”，曰“哀”，曰“伤”，几成变徵之声焉，为人臣子，宁终急不择音哉？则结尾自必反掉，庶几“怨诽而不乱”，亦以云救也。使前路用笔死煞，结尾虽欲反掉而运掉不灵，即千牛亦掉不转矣。○结句妙与上下互应：“愿”字与“齐心同愿”应，“愿为”与“何不”

"无为"应，曰"双鸣鹤"则近应"知心稀"，即遥应"居要路"，曰"高飞"则前与"高足"应，即后与"高节"应。○客有致疑者，谓："上下两截，一化身为'远行客'，一化身为'荡子妇'，固分途各见者矣。兹于上截后夹入杞梁妻，毋乃自乱其例耶?"应之曰："不然，此正作者之针缕细密处也。何也？盖同患者与怜同患者类也。则同患者之思君，与同患之思君亦类也。此怜同患者当其思君可化身为'荡子妇'，犹同患者于其思君可化身为'杞梁妻'。彼同患者当其思君可化身为'杞梁妻'，正犹怜同患者当其思君可化身为'荡子妇'也。则于斯特夹入'杞梁妻'，盖就同患者之思君而言之也。此正其细针密缕，一丝不乱处。顾谓是自乱其例也，则'不惜歌者苦，但伤知音稀'，作者之致叹有由矣。"

其六其七节目○此既经别离之后，相思而终之以相悼，当望而不见，天各一方，其抚今追昔感慨系之者，乃文家后路咏叹法。○二节亦微分前后：其六程途所经，其七既至迁谪地头。

涉江采芙蓉

此节之匠巧不一，既以点清题面，兼以咏足题情；势则上下相迎，体则疏密相间，意则彼此相照；而妙在举单见双，必合全什而详玩之，乃足见其妙也。

起曰"涉江采芙蓉，兰泽多芳草"，兰，南产也，江，南条之水也；合诸首节"越鸟巢南枝"，则自河涉江，属在南越，固南陲边境矣。此采之者顾谁乎？盖即作者所怜念之同患，特禁锢于南者也。承曰“采之欲遗谁？所思在远道”，乃作者逆揣同患之怜念乎我也。盖作者斯时已远窜于边北矣。于何征之？在其十二曰“燕赵多佳人”，于时岂暇夸张扬厉，漫为侈陈佳丽哉？盖实即所见以起兴也。其十七曰“北风何惨烈”，此非泛言北风，盖身历其地，而深讶其寒冽特早也。起曰“胡马依北风”，结曰“北风何惨烈”；起结特以“北风”二字相叫应，用知作者已远窜边北也。转曰“还顾望旧乡，长路漫浩浩”，此乃作者代揣同患者之遥以怜己，遥怜以还望旧乡，长路浩浩，而欲归无因也。在其十四作者之自怜曰“思还故闾里，欲归道无因”；此揣以同患之怜念曰“还顾望旧乡，长路漫浩浩”；彼此直如出一口者，斯真同心哉。如是而结之曰“同心而离居，忧伤以终老”！则首节“道路阻且长”二句，乃字字抛砖落地。在同患之视作者，作者独远窜于北也；作者之视同患，同患特禁锢于南也。则首节“胡马依北风”二句，亦字字抛砖落地。作者之远窜于边北，斯一在天之涯；同患之禁锢于南陲，斯一在海之角；即首节“相去万馀里”二句，亦字字抛砖落地矣。○此系作者之怜念同患，乃不写己之怜同患，而转写同患之怜己者，盖写一面即兼写两面也。若专写己之怜同患，则同患之怜己者不见；惟于己而遥揣以同患之怜己，则己之怜同患者即此而在矣。且凡情事所必有者，用意务取周到也。盖己思君而同患亦必思君，故上节夹入“无乃杞梁妻”，以补同患者之思君；己怜同患，而此节特申写同患之怜己；凡情所应有无不有，于此叹作者之用意真周到也。

此较前后之曲折奥衍奇警透辟者，独觉平淡；盖四五于柱意已发挥透足，此特缴完柱句，于以束上起下，而取脉络贯通。

以道路长等字应首节；“忧伤”字上应“哀伤”；“同心”字上应“齐心”，即下起“同门友”；所谓淡语皆成筋节者，要期神贯，不在句奇也。〇又此须于平中得奇焉。一在合前后而观之，一在离前后而观之。合前后而观之者，前后之曲折奥衍，奇警透辟，而此忽出之以平淡，如山之奇峰插汉，巨嶂摩天，其过脉过峡处，忽如草蛇灰线，隐伏如平地，乃咫尺相望，而倏复奇峰插汉，巨嶂摩天，乃因过脉过峡之草蛇灰线，而益以见其奇。此于平中得奇，须合前后而观之者也。〇离前后而观之者，盖此以束上，非此则其四其五无宿气处；此以起下，非此则其七伤于突躁，则于中已断不可少此一节焉。看他铸局之妙，用以束上，若不为束上者然；用以起下，若不为起下者然；于此而抽轻毫，蘸淡墨，缓缓写来，有起有承，有转有合，一篇自为首尾，而闲闲徐徐，鱼鱼雅雅，另成一安闲雅淡之什，斯于平淡无奇中，出奇无穷者，须离前后而观之者也。〇十九首率同此妙，读者皆当作如是观。

明月皎夜光

首四句起，特揭“明月”“孟冬”，标纪时序，自成一队，与下截其十七首六句相配；“众星历历”句又为下“南箕北斗”等提纲；斯为一门两向。〇次四句承，由时景映合时事，“秋蝉”句活画出小人得意，“玄鸟”句活画出哲人丧气，乃补写“弃捐”以后累累如丧，无枝可栖的苦况。〇又次四句承“玄鸟”句转，由“弃捐”说到“离别”；向来解者都于此四句看错，遂误为刺朋友之诗，其沿讹既久，牢不可破，已难以口舌争者，斯不得不琐言之矣。就起笔言之,夫刺朋友何必特就“夜”言?又何必特就“孟冬”言?则其特揭“明月”“孟冬”殊为赘瘤者,起笔直剩语可删矣。就承转处言之,“秋蝉”二句,固群知为比体矣,夫以玄鸟比君子,自不得不以秋蝉比小人;既以玄鸟比君子,而下复于“振六翮”者有讥刺焉,此玄鸟何俶诡而倏为君子,倏为小人耶?既以秋蝉比小人,而下复以“振六翮”者相訾謷焉,此小人何俶诡而倏为秋蝉,又倏为玄鸟耶?后人有此夹杂不通之解,前人必无此夹杂不通之诗也。即单就转笔言之,就令将一首诗从中划断,不承“玄鸟”句转,而见背捉背,一直说下,谓刺朋友居显要而不念旧好之作,解此四句,亦似可通,然古人用笔七玲八珑,千曲百折,所谓句前有句,句中有句,句后有句,意到而笔不必到,神接而意不必接者,其妙多属转笔。若但见背捉背,率直说下,则后人有此率直浅露毫无含蓄之解,前人断无此直率浅露毫无含蓄之诗也。盖此非讥刺朋友也,乃怜念同患也。“昔我同门”二句,紧承“玄鸟”句转,其用意全在“昔”字上。“玄鸟逝安适”,凡我同人今皆铩羽悲鸣,累累如丧,无枝可栖者矣,追维往昔,固咸愿“策高足”而“据要津”,“为双鸣鹤”而“奋高飞”者也;讵意其“轗轲辛苦”,一蹶而不复振乎?盖“振翮”“高举”而仅堪追于往昔,正以见今之“逝安适”者不堪回首也。此二句当与少陵“同学少年多不贱”二句参看。“不念携手”二句,由“弃捐”说到“别离”,此非讥刺朋友,乃思念同患也。当思而不见,其思之迫切,不觉其同于怨望也。善夫先儒之训“怨,慕也”句,谓怨即慕之迫切处,斯即怨即慕,是二是一者,君亲朋友之间,其情同也。且说诗者不可如李四担板,止见一面,不见两面也。

当同被弃捐，同遭迁谪，其彼此一方，莫在莫来者，我不能往，犹不能来也。友莫来而我可责之曰“不念携手好，弃我如遗迹”；我莫往而友亦可责我曰“不念携手好，弃我如遗迹”也。夫我之莫往，我实不能往也；我不能往，我可遥白于友；而友可为我谅者也。则友之莫来，友实不能来也；友不能来，将无俟友之遥白于我，而我当为友谅者也。今独以责友之“弃我如遗”也先施之，谓何顾独明于责人耶？盖此非责望朋友也，乃思念同患也。当思而不见，其思之迫切，不觉其同于怨望也。此二句当与柳州“同来百粤文身地，犹自音书滞一乡”二句参看。末四句由离别归转“弃捐”，结“箕斗牵牛”等项，与起笔“众星”句应；“南”“北”字与首节“南”“闲”字遥应。“南箕北斗”况迁谪异地，即首节“各在天一涯”意。“牵牛不负轭”况“弃捐”后投闲置散，不究其用也。“良无磐石固”遥应其三“涧中石”，实与四五两节相激应，所谓“入仕歌荣身，须臾成屈辱”者，恶在要津之可据也？至此则“同愿”“策高足”者，既霜蹄之屡蹶；“愿为双鸣鹤”者，复云翮之低垂；结回思曰君曰俊，适为厉阶者，爰不禁痛心疾首，与为大声疾呼曰“虚名复何益”！斯不仅长太息，真可为痛哭者！一十九首中，惟此一句为决绝语。○看来“昔我同门”二句，止咏足上节“同心”二字；“不念携手”二句，止咏足上节“离居”二字；其抚今追昔，由“弃捐”而说到“离别”，止咏足“同心而离居”一“而”字；“南箕北斗”四句，止咏足上“忧伤以终老”五个字；故谓此节乃文家后路咏叹法也。

下节总旨兼上下两截交关。○自其八至其十六为一截，承首节“思君令人老”一柱而申之；其八四节前路，如题安顿；其十二以下中间，将题掀翻；至其十六末路，方就题阐发。其所为安顿、掀翻、阐发者，看他上下两截互异处，其位置尤妙；上截掀翻在前，下截掀翻在中；上截阐发在中，下截阐发在后；上截安顿柱句在后，下截安顿柱句在前；一顺一逆，恰好上下两截的柱句斗接紧凑，如一篇两截格的时文，其股柱倒煞顺提，固一定不易常法也。

其八四节关目○此段如题敷衍，随做随点，乃文家前四比安顿题面法。此截以“思君令人老”句为题目，入手即提唱全句，以下逐字折点，逐步分疏，先点“君”字，次点“思”字，又次点“老”字，点“人”字，逐字折点也。其十截发“思君”，其十一截发“令人老”，逐步分疏也。题句归重在“老”字，看他作意取题处，入手以“时”字作柱，发端以“草”字衍意，前曰“生有时”，后曰“各有时”，中间“过时”“经时”，“时”字固一线相承；前曰“随草萎”，既曰“摇百草”，其后“故物”“物化”，“物”即指“草”，“草”字亦一线相承。则合四节为一段，作者既明相呼应，解者亦非强为扭合矣。

八九两节目○二节如文家清机徐引处。上节前八句即文章起讲；九句乃讲下点题；十句虚提，遥为后比伏线；“伤彼兰蕙”六句，与下节八句分配支对，乃讲下二小比，将题句轻拢慢撚，题字一挑半剔，于末皆用虚歇脚，其住而不住，与下文相生相引，有藕断丝连之妙，犹文家前路虚设也。○君“过时而不采”，妾“扳折以相遗”二节，乃初被弃捐之时，尚思挽回于其际也。

冉冉孤生竹

首四句追溯始合，为“弃捐”埋根。曰“结”曰“附”，则庆一日之遭逢，即冀终身之倚靠，固惟愿有合而无离矣。次四句筹算“时”“宜”，为“老”字伏线。曰“远”曰“隔”，则怅山川之阻隔，即忧时会之睽违，已暗揭过“弃捐”二字矣。二层乃题前挑逗法，“思君令人老”，其斩关直入，即文家讲下径点全题法。乃揭过题句，即陡然曰“轩车来何迟”，于上既绝不相蒙，且陡然一句即咽住不言，而下文“伤彼蕙兰”云云，与此又全不相顾，则此句上不接上，下不接下，不几如项下之瘤，徒悬为赘乎？夫讵知此句之关要，乃全神所贯注，固十九首所为缘起者哉！斯其奇奇妙妙，无望后人能作，只望后人能解；无望后人能猝解，只望后人能熟读者，望其读至后边，犹记起开手时有此五字耳。○其陡然一句，即咽住不言，此时舌底喉间，直万语千言，敷说不了，而其情其事，却有说不出的苦处，所谓“总有万语千言，只在心上忖”者；斯陡然一句，以下已不能更着一字，且不容更着一字也；读者于此，当玩其不言之妙。○此咽住不言，固不得不言者也；不得不言而咽住不言，固言之重可伤者也。其开口即紧接以“伤”字，不更伤之特切者哉？在其五曰“但伤知音稀”，其六曰“忧伤以终老”，上截特以“伤”字终。此于其八以“伤”字起，其十六以“伤”字结；下截特以“伤”字为起结焉。盖怜念同患，犹属伤之第二义，若所伤在思慕君父者，则臣子忠孝之情，固始终以之者矣。言乎其始，孝子固发念必由于亲，忠臣亦发念必由于君也。言乎其终，大孝终身慕父母，忠臣终身慕乎其君者也。若灵均之忧愤自沉，直濒九死而不悔，其与为终身，复何能一日忘之也哉？按此咽住不言，不得不言，而固不欲明言，于是运灵心，舒妙腕，托深情于毫素，慨空谷之幽兰。“伤彼蕙兰”四句，真令读者如闻香口，如见纤腰，俨尔一绝代佳人，幽居零落，其含愁凝睇，于纸上呼之欲出者。其惟妙惟肖，妙能得其性情也。盖美女之惜娇花，性则然也；此须玩其摹写之工，尤须知其衬托之妙。夫九句十句，既揭清题句，落到正面，无论情事不欲明言者不可直说，即情事有可明言者，亦忌呆疏也。金针诗云“转过还将衬笔来”，看他此四句于衬中着衬，真神明于衬者也，此间若第取理意相承，节去此四句，上下亦可径接，然语言却少味矣；得此一衬，遂觉姿态翩跹，字里行间，别具歌舞之致。即此四句，“伤蕙兰”特归注在“随草萎”；使节去“扬光辉”句，彼此亦可径接，而语言犹之少味矣。惟兼之烘托，更觉姿态艳冶，行间字里，转增灼丽之观。此节姿态之妙，在承笔，尤胜如“兔丝有时”二句，从上“附”字，又挑起一层，以提为转，其意脱语黏，风神骀荡，真绝妙笔恣。学者当寤寐珍此风味焉。○末二句上句实点“君”字，束住本节；下句虚按“思”字，引起下文。“亮执高节”“亮”字妙，于“弃捐”二字曲为回护，其为尊者讳，斯温柔敦厚之遗也。“亦何为”“亦”字尤妙，想见其柔肠宛转，百折千回，真觉无计回天处。特虚虚咽住，却住而不住，此际须急索解人矣。○起句“冉冉孤生竹”与前“青青河畔草”“郁郁园中柳”“青青陵上柏”等句遥相掩映，作者亦冀世之稍有眼光者读之，或且依类以稽，知此之与前遥接耳。○“与君为新婚，兔丝附女萝”，固俨尔“昔为女”而“今为妇”的小照，“千里远结婚，悠悠隔山陂”，又居然“今为荡子妇”“荡子行不归”的行述矣。

庭中有奇树

此节八句与上节末六句互对，节旨见前。○起笔“庭中有奇树，绿叶发华滋”，与“伤彼蕙兰花，含英扬光辉”互对。“庭中”二字，与“彼”字支对；“有”字与“伤”字支对；“奇树”与“蕙兰花”正对。若下二句属对工稳，直同唐人偶句矣。开口曰“奇树”，其岸然自异，正以黯然自伤也。夫负奇于众，才奇而数亦奇，此灵均之所由以骚见也。曰“发华”，曰“含英”，即一叶一花，看他亦力争上截，不同俗手画下半截美人，作者不独善于言情，抑更工于赋物。○承笔“攀条折其荣，将以遗所思”，与“过时而不采，将随秋草萎”互对。“扳折”与“不采”，固尔意理稳称，曰“将以”，曰“将随”，其虚字之互相激应，不神情举稳称乎？盖“不采”则“将随秋草萎”者，彼“兰蕙”之生于空谷，几等诸无人不芳；若“扳折”之“将以遗所思”者，此奇树之有于庭中，亦等诸刍荛可献也。上节点“君”字特冠于句头，此节点“思”字特缀于句尾，其经营位置，俱位置天然。盖“君”为天象，斯明明在上者，要当观象于天；而“思”属下情，此耿耿予怀者，自合陈情于下也。○转笔“馨香盈怀袖，道远莫致之”二句，与“君亮执高节”一句支对。盖“君亮执高节”句，承“过时”二句转，“亮执高节”，则“不采”者终置而“不采”矣。“馨香盈袖”二句承“扳折”二句转，“道远莫致”，则将遗者卒莫以相遗矣。盖将者欲然未然，固莫由以径寄者也。“路远”谓“君门万里”，“弃捐”者固无由款至也。○合笔“此物何足贵,但感别经时”二句,与“贱妾亦何为”一句支对。盖“贱妾亦何为”一句寓两意:“贱妾”二字,贴“弃捐”;“亦何为”三字,按“思”字;用虚歇脚。“但感别经时”亦一句寓两意:“感别”二字,贴“思君”,以“经时”二字按“令人老”;亦用虚歇脚。则合笔之虚虚咽住,皆住而不住。两节同一结法也。○转笔合笔,率以两句支对一句者,以两句之意,皆归并在一句也。“馨香盈袖”句原不重,意特归注“路远莫致之”;“此物何足贵”句更不重,意特归注“感别经时”也。○或者疑之谓“伤彼蕙兰”四句,前之所训,既已属诸转笔;此之支对,复分隶于起承,不自相矛盾乎?曰:兵家随方结阵,文家移步换形,变化从心,原无死法。盖此四句属在上节,为转过用衬,准乎其气也;分配此节,即属托物起兴,象以其势也。其变幻神奇,未可执一也。抑不特此,要其神奇变幻,无可拘方者,上末六句伊不第与此相支对,“将随秋草萎”归结到“奄忽随物化”,固去路方长;“贱妾亦何为”归结到“徙倚怀感伤”,其前程更远。即本节八句,亦不仅与上相支对,“道远莫致之”用提“迢迢牵牛星”,方为其十引线;“但感别经时”下提“焉得不速老”,且为其十一埋根。若兹之取以属对者,特有取于情事之相引相生,局势之相峙相对,隐若相摩相荡者耳。陋者或斤斤于字句多寡间献其疑,必寻行而数墨,一言以谢之曰:“此非论时下考墨卷也!”

迢迢牵牛星

此节正还“思君”题面。首句特提借“牵牛”,先安顿“君”字。“迢迢”虽承上节“路远莫致”来,其可望而不可至,乃不远之远也。盖远无定形，人臣之事君也。若幸沐宠荣，即职任遐方，亦天颜咫尺矣；苟一遭捐弃，虽身居辇下，已君门万里焉。解者率以"远"字训"迢迢"，与下"河汉清"三句既凿枘之不相入，即末句亦全无神致矣。"脉脉"乃相望凝视貌，若相去果远，将"望"且无由，又何由"凝视"？其"不得语"者，固甚常耳。惟不远而远，末句乃神来情来也。下节方云"回车驾言迈"，此合上二节，乃方当弃捐之始，乍将别离之初也。○次句借"织女"摹写"思"字。句凡三层："皎皎"虽切河汉言，实以况清白乃心者，臣心如水，臣躬可告无罪也；"河汉女""女"字中藏有"织"字在，非以"河汉女"为"织女"别号也，解者囫囵吞枣，率以为织女；夫牛女二星，中隔河汉，是河汉固双星所共者，如织女可名河汉女，牵牛又何以称焉？或亦可名为"河汉郎""河汉牛"耶？盖此句三层，谓皎皎然河汉间之织女也。细看此节，首句揭过，次句两层双起，"纤纤"二句跟"女"字承，以五句转，六句合。"河汉"二句跟"河汉"承，以九句转，十句合。"思"字分两层摹写，一层写事，一层写情。情事虽两意相承，格局却双帆齐下，则双起双承，双转双合，前人已创此奇巧法门。○此节正完题面，较前路虚引题绪处，可渐由虚入实矣。若竟用实写，将一二节已意尽说竭，曲终告竣焉；复安得洋洋洒洒，后此八九节乎？则当由虚入实，看他运实于虚处：夫"思君"而托兴于"双星"，既已神游空际矣，而摹写"思"字，复全用画家写意法，"泣涕零如雨"，不言"思"而"思"字令人于言外得之；"脉脉不得语"不言"思"而"思"字已迎沬而上，呼之欲出焉。其淡无一笔，味有百端；味有百端，而实淡无一笔者，不更空而又空乎？则"妙手空空”,其飞仙剑侠第一流乎?○看他用笔之妙,即一部署前后间,雅俗于此分,死生于此判者。“思”字用两层摹写,下乃所以申上也。盖此涕零如雨者,固在“脉脉不得语”,斯“脉脉不得语”者,因而“涕泣如雨”,其意固互见也。使将下层点透于前,上层装扮于后,即其俗不可响迩矣。看作者位置之妙,下层虽以申发上层,而如黏如脱,不即不离,其淡致清姿,天然宛妙,等诸藐姑射之仙,吸雾飧霞,肌肤若雪者,于以上拟天孙,亦庶几不唐突矣。○使将下层呼柮于前,上层兜裹于后,则前呼后应,止于本节相足相生;将本节收得神完气足,于下文已断根绝脉矣。看作者位置之妙,上层转以引起下层,则末句之以结为提,尚属下文开端语;其崒然而止者,方霭霭亭亭,如春云乍展,晓日初升焉。○十九首誓不肯用死笔实笔,每于结句,尤不肯用实笔,不肯用死笔。

回车驾言迈

此节正完“令人老”,结句仍挽到“思君”,首句从“别离”说起。八九两节,“弃捐”之初,尚思挽回于其际,至“脉脉不得语”,已断无可挽回处,斯“弃捐”已成,“别离”在即矣。“回车”“回”之为言转也,始之入都门者,从此来;今之别都门者,仍从此转也。“驾言迈”“涉长道”,即前所云“行行重行行”者,斯时四顾茫茫,直不知天地何色,惟荒烟蔓草,摇动于日暮途穷之际耳。由是感风草之情,动霜草之戚,谓“物犹如此,人何以堪”者;以“焉得不速老”句,点清“老”字,“人生非金石”句,点清“人”字。押之韵脚,则此回断送“老”字,则直掷地成声;冠之句巅,将自断此生"人"字,欲呼天饮泣;以"焉得不速老"诠"令"字,即"令"字已敲筋擢髓矣。〇"四顾茫茫"四句,由物递到人;"立身不早"四句,由人转到物;"盛衰各有时",在中间双锁一句;有履齿断蚓,两头俱动之奇。〇"所遇非故物":看他随手点化之妙,其在前曰"将随秋草萎",就花言也;后曰"奄忽随物化",庄子谓人死为物化,就人言也;则草自草,而物自物,不既格不相入哉?妙在紧跟"摇百草"而预点透一"物"字,则草之于物,是二是一,后之随物化者,用应前之"草萎",既无嫌杂出不伦;前之"随草萎"者,印合后之"物化",已不啻合同而化矣。〇"奄忽随物化",追进"老"字后一层,"老"字乃拽得十分饱足,而十三四五数节之线,已预伏矣。〇以上还清"令人老"句,末句仍挽转"思"字。盖前后俱属比体,其所以"思君"之故,未明也;此乃表其本志焉,谓"人非金石",所恃以寿世者,惟此"荣名"耳;顾"荣名"有由,必建功则名立,即立身有自,必获上以治民;"荣名为宝"而苦"立身"之"不早",则所以"思君"者,不容已矣;此思君之本志也。上"脉脉不得语"乃"思君"之情由也;此两层尚在"思"字前一步,尚未揣到"思"字正面;即下节"驰情整巾带"四句,尚属掀翻"思"字,不得认作实发"思"字;盖"思"字在其十四方正引,其十六方实发。"荣名以为宝",谓功建名立,乃"名实"之"名"也;上"虚名复何益",谓互相标榜,乃"名誉"之"名"也。古诗归谓"识得'荣名以为宝'与'虚名复何益'同,意乃可与读十九首",其妄作英雄欺人语者,直黑白不分,于沉醉中梦呓耳!〇自"伤彼蕙兰"至此,乃文家前四比也,凡文之发挥题意处,根线皆伏在安顿题面处。所谓前伏后案,后借前情也。此后八节，皆在此四节埋根伏线：后此凡双飞、独宿、同车、重帏、罗床帏、合欢被、理佳人之清曲、梦良人之容辉，俱从“贱妾亦何为”提起；凡踯躅、沉吟、徙倚、眄睐、自结束、怀感伤、惧君不识察、愁思当告谁，俱从“脉脉不得语”提起；凡朝露、长暮、潜寐、如寄、去者疏、来者亲、千载永不寤、万岁更相送，俱在“奄忽物化”句提起；“感别经时”之句，埋“岁暮孟冬”之根；“泣涕零雨”云云，伏“垂涕泪下”之线。

东城高且长

其十二四节〇此段将题极力掀翻，以拓开局势，乃文家挪展法。发端以“晨风”二句为话柄，竖议以“荡涤”二句涨谈锋；以下逐节相生，一层拓开，旋一层转拢，转拢复与拓开，而一层拓开，又复一层转拢；其转拓一层深一层，乃文家剥蕉抽茧法。〇谋篇固须展势，而相题贵能得间，达意妙在撰言。夫臣子之思慕君父者，案之一成而不可翻者也。不可翻而翻，则关乎撰言之妙，兼在善觅题间矣。“思君令人老”犹云“忧愁死”者也；人臣义命自安，一值“弃捐”，而遂忧愁欲死焉，所思不太过乎。盖“思君”不可翻，而思之太过可翻也，此题间也。再看他撰言之妙，将思之迫切处，凿空撰出“自结束”三字来，觉忧愁百结，思字直如蚕吐丝，到愈缚愈死田地，是亦不可已矣乎，抑亦大可嗤也已。则不可翻者，已可翻；且可谈锋肆溢，而大翻矣。故极力掀翻曰：“荡涤放情志，何为自结束？”“燕赵”十句，单承“何为”句。借燕赵佳人，画一个“自结束”的形状，乃文家自注法。其十三承“荡涤放情志”拓开,其十四承上节转拢;其十五又承上节拓开,其十六总承上文转拢;此什之脉络贯通,前后浑成一片,固分之无可分也。第概以大略而区画之,其畛域无庸过泥也。自此至末,离奇变幻,如五花八门,入者皆迷,斯化不可为圣不可知之境矣。

其十二首六句一气,前束上段,后启下段,即借以引起中段,乃文家牵上搭下法。作者于此特总前后而集势于中权,使通什机轴紧凑也。“东”字、“风”字、“草”字,上承“东风摇百草”;“秋草萋已绿”遥应“将随秋草萎”,应且远映“青青河畔草”;“岁暮一何速”,遥应“岁月忽已晚”;应则前文已操总于中权矣。“东城”引起“上东门”;“岁暮”呼起“凛凛岁云暮”;“四时变化”由秋转冬,呼起“孟冬”“何惨栗”;则后文悉操总于中权矣。而“岁聿云逝”“岁聿云暮”,又恰好引起中段。则首六句其以束为提,小歇脚乃上段之“尾声”,下段之“过曲”,特此段之“引子”也。○“晨风”四句一气,方是此段提纲挈领开端语。“晨风”二句乃文家离字诀,“荡涤”二句乃文家翻字诀,下二句拓开意境,却妙在上二句蹙起波澜。盖展势莫妙于翻空,而骋论先期于有据,“思君”同“怀苦心”也,斯“如何如何,忘我实多”者,晨风可资之为话柄。“忧老”殊“伤局促”矣,斯“岁聿云暮”“岁聿云逝”者,蟋蟀可借以起翻头。至笔阵离奇,与上文接而不接,不接而接,其神接而意不接,妙在提得笔起。与“兔丝有时”二句,学者当寤寐珍此神味焉。○荡,旷远貌;涤,洗净也。“荡涤”二句,谓当放宽胸臆,洗说烦愁,以舒放其情志,何为常“怀苦心”,致“伤局促”,长“自结束”乎?“自”字妙,说与旁人,浑不解也。

○后十句一气。借燕赵佳人，画一结束样子，其从颜递到衣，从衣递到曲，特归注“弦急知柱促”句。“知”字极深细。下“驰情”四句，俱从“知”字生出，乃就音曲悲促中，想见其情志结束处。“驰情整巾带”，画不出捉衣弄影光景；“沉吟聊踯躅”，数不尽辗转反侧情形。“聊”字妙，所谓“明知无益事，还作有情痴”也。“思为”二句，在掀翻拓局处把定“思君”二字，于宾中顾主，而二字于宾位分点，又不至填实正面，此真匠心独运。并至语言之妙，则“玉颜不及寒鸦色”“自恨身轻不如燕”，已早为唐人宫怨开山矣。○结句须十字并作一句急口读，谓其愁思迫切，恨不得变鸟飞了去，这却是为甚么哩？盖此十句止画得一个“自结束”，将结句合并读，“何为”二字于言外足之，方完得一个“何为自结束”。○“驰情”二句亦宜合并看，其倏而欣然，倏而戚然，欣则辗然欲笑，戚则泚然欲涕，一霎时写出无端悲喜，直令人不解其涕笑何从者，则其摹写情志结束处，即隐有“何为”二字在言下。○“燕赵”十句单顶“何为自结束”；用顶针紧接；十三、四、五三节，承“荡涤”二句，越却“燕赵”十句，用隔枝遥接；十六、十七起笔承“岁暮一何速”，更越却“晨风”以下数节，用隔枝遥接。是中段起笔，固为下段起笔埋根，“驰情整巾带”倒转，即下段“眄睐以适意”也；“沉吟聊踯躅”倒转，即下段“徙倚怀感伤”；则中段掀翻，即为下段阐发处引线。

驱车上东门

此承上节“荡涤”二句来，谓思君而惟忧用老，其长自结束，苦立身之不早，惧奄忽以物化者，以惟恐其死耳。夫人亦孰不死耶？即驱车东门，遥望北郭，彼白杨萧萧，松柏夹路者，伊何人，伊何人，不既陈陈相因耶？盖“生亦我所欲”，而“自古皆有死”，千载永不寤，死者不复生；万岁更相送，生者无不死；念及此而齐得丧，一死生，夭寿且不足贰其心，荣辱又何足关于虑，斯优哉游哉，聊以卒岁者，何不可荡涤其情志，而顾长自结束乎？通节止归注“不如”二字。〇此节近脉承“荡涤放情志”，远脉跟“奄忽随物化”；对山在“人生天地间，忽如远行客”，祖山乃“弃捐勿复道，努力加餐饭”。此三节皆行龙过峡，结穴尚在下段，作者偶尔寄慨于丘邙，解者要当细详其龙脉。〇首句上承“东城”来。按河南郡东有三门，最北头曰上东门，是上东门与北郭固紧相接壤处。按吕才杂书，古之葬者皆于国都之北，自晋郭璞兴地理之说，所葬不必皆北矣。三代而下，汉为近古，观“遥望北郭墓”，作者固汉人无疑。〇“遥望北郭”七句，死者不复生；“人生忽如寄”六句，生者无不死；而中特署曰“浩浩阴阳移，年命如朝露”，即欲勿哭不得也，即欲勿乐不得也。子会生天耶，丑会生地耶，寅会生人耶，其每会动以十万八千计者，亦不知越于今直不知阅几十万八千年，则阴阳之移，曰“浩浩”洵“浩浩”也；而人之生且死于其间者，曰“年命如朝露”，年以命定耶？抑命以年定耶？夫命之应得若干岁者，其人因得若干年，斯年以命定也。然人必实历若干年，于命乃为若干岁，斯命以年定也。而要无论也，试总论年命，下寿几何年，中寿几何年，上寿又几何年？要乎其极，百年焉止耳。夫于阴阳浩浩之中，每会辄以十万八千计，而人之生且死于其间者，特百年耶？而况乎其不皆百耶？其不以一瞬，直朝露之不如矣。夫前我而死者，其死不复生；后我而生者，其生无不死；若兹之淹淹于其中，死犹未死，生不长生，其泡影风灯，止自怜者，即欲勿哭，又恶得而不哭哉？然前我而死者，其死既不复生；后我而生者，其生亦无不死；则兹之悠悠于其中，生不长生，死未遽死，亦庶几"偷闲学少年"者，虽欲不乐，又何苦而不乐哉？若犹不乐，而逐逐于名，营营于利，不遂所求，而情志结束，若欲憔悴以死焉，斯不俟盖棺，而已毫无生趣者！几不弄成一活死人乎？〇"圣贤莫能度"，直使世间假道学一辈，俨然修身立命，几幸多得年所者，冷水浇背。"多为药所误"，直使世间大知识一流，侈然海外奇方，有可长生久视者，巨棒搥头。揭此两层，打开后壁，直使人死心踏地，将不俟图穷而匕首见；下"不如"二字，已踌跳出来已。〇结句将"不如"二字顿断重读，乃通首精神贯注处。下八字合并成句，不过随分消遣法，俗所谓有得吃便吃些，有得穿便穿些耳。解者乃沾沾于酒必求美，服无求华，以与为区分；且斤斤谓逃情于酒，以全天真，而务为注脚；不从妙处传神，转从粗际索解，买椟而还珠，作者应暗中匿笑耳！

去者日以疏

承上节转拢，谓自古皆有死，死生不足多虑矣，即死期要亦甚迫矣。顾死不足虑，死后不无可虑者。"出郭门直视，但见丘与坟"，不见丘坟之犁为田者乎？虽云"古墓"，其下谅有陈人也。"不寤"而惊使寤，"潜寐"而扰以不寐者，"杳杳即长暮"，多恐未及千载耳。"摧为薪"者，松柏无望以夹路，伤其类者，白杨隐诉以悲风，其萧萧不似向前声，惊杀愁人听不得，值时迟暮,而思还故里,当放置而欲归无因,恐遽填沟壑,莫遂首丘之慕;虽属达人,亦难矜旷达矣!斯欲荡涤其情志而不得,又恶能已于结束乎?○起笔侧重在“来者日以亲”,上句第以陪出下句。“亲”“疏”犹言远近也。去日以疏,去者既日远一日;来日以亲,来者且日亲一日。日远一日,去者已日多一日;日近一日,来者即日少一日。日多一日者,不见其益,有时而增;日少一日者,不见其损,有时而尽。有时而增者,初非有实在可据,悠悠忽忽,悉消归于无何有之乡;有时而尽者,更无能须臾少待,急急匆匆,直奔流于不复回之境矣。此须设身处地,方见其情之迫切处。当衰迈之年,处窜逐之地,思还无因,愿乞骸骨而不得,一旦溘逝,数片骨头,更不知抛露于何所;“萧萧愁杀人”,不单在窜逐,在衰迈而窜逐也。开口将“来者日以亲”句逐字沉吟,迟重以出之,即通首神情危悚矣。○次二句虽以引起下文,却兼承上节而申足之。上“千载”“万古”,系直言之;此“直视”“但见”,乃横括之也。盖曰“长暮”曰“朝露”,曰“永不寤”“忽如寄”,谓古今上下之同归于尽,止以见后先相望者踵相接,要未及新陈相因者冢相错也。由前而论,彼千载永不寤者,固潜寐黄泉下矣;由后而观,此万古更相送者,亦送以潜寐黄泉耳。斯古今上下直同归于土者,为丘为坟,不既多乎?曰“直视”,曰“但见”,谓一眼看去,其郁何累累者,直弥望盈盈也,乃檃括上“千载”“万古”两层而申足之,不特为本节承递语。盖此节紧承上节转,首二句承“浩浩阴阳移”四句转,“古墓”四句承“驱车上东门”四句转,末二句承末二句转。惟“下有陈死人”四句,及“万古更相送”四句,此两层堆累烦重,乃以次二句檃括而总承以转，则其承上为转者，于上节直滴水不漏矣。○“古墓”二句，将“犁”字“摧”字咬定牙根读之，真不堪其很毒，初读之“犁”字“摧”字已极很毒，不堪再读之，两“为”字更极很毒不堪也。是何也？凡人之所为，本诸心也。当其有为，必以为可为斯为之；苟其不可，必不为也。古墓而为田，彼固以是可为田，而直宜为田焉者，斯纵情犁为田也；松柏而为薪，彼固以是可为薪，而直宜为薪焉者，斯任意而摧为薪也。见者方动魄惊心，而骇为变；为者且纵情任意，而狃为常。第衡以摧犁之迹，而不核诸犁之摧之之心，庸知非误其很毒犹从未减也？嗟乎！情之岌岌，振古如斯；氓之蚩蚩，于今为烈；将无俟虆梩以掩己，预知搰掘有时者，斯人将奈斯人何！○此节归注在末二句，擒定“思”字顾主斯上下节之极力掀翻者，庶不至游骑无归，乃文家纵中用擒法，合下节乃文家随擒随纵法。末二句“思还”“欲归”重叠言之，止此四字，便写得杂杂沓沓，觉一霎时千头万绪，直没寻头绪处。其写“愁杀人”真是愁杀人，亦真是妙笔也！○“白杨”句结上，其“风悲日曛”，已不俟“天阴鬼哭”。“萧萧”句起下，当“途穷日暮”，说不尽“旅况魂惊”。

生年不满百

此又承上转开。“生年不满百”，承“去者日以疏”来；“常怀千岁忧”，承“出郭门直视”以下八句来。“忧”字紧顶“愁”字来，其统承上节，即首二句檃括已完，而上句又特以宕起下句。以下皆跟第二句转，“昼短”六句，跟“怀忧”二字转，尚属宾笔；末二句跟“千岁忧”三字转，方是主笔。○“昼短苦夜长”，前顾

"岁暮",后照"孟冬",日晷已极短矣。"长夜"二字,即为下段伏线。此后四节,悉属夜景矣。此句亦微兼比体,昼属阳,夜属阴,去日疏而来日亲,即去日多而来日少,俗所谓"在天日子短,在地日子长"者矣。"何不秉烛游""何不"字以矛攻盾,反跌得妙,谓既知如此,复何苦如此者。夫人寿无多,徒忧曷益?吾生有限,不乐何为?下四句皆以申足此句:"为乐"申上"游"字,"当及时"合下句正申足"秉烛游"三字,"何能待"妙,将"为乐"写得掀烘,便将"怀忧"扫得扯淡。从"怀忧"翻出"为乐",此文家极力反攻法。○"愚者"二句反掉以足之。"爱惜费"申"不秉烛游"四字,"但为后世嗤"特申足"何"字。盖游必极乎游之情,游必尽乎游之致;极乎游之情,固惟日不足也;尽乎游之致,即使费不惜也。"费"字妙,将"为乐"加倍烘染,谓游以行乐,不乐不如其不游;即乐必尽情,不极情尽致,仍不乐。于以云"游",必大排场儿,不可小家子相,将张灯铺宴,载妓随波,方可云"为乐",方可谓之"游"也;不然拿个灯笼望外跑去,便云"秉烛游"耶?是游者定须挥洒得几个钱,又须舍得挥洒几个钱矣;而愚者不能也。"爱惜费"凡三层:费用之广也;惜吝也;舍不得钱也。爱,喜意也,谓凡事总喜欢省钱也,"爱"字自然得妙;"爱"属仁,本诸性者也。"爱惜费"写守财奴以钱为命,直写到性焉安焉的田地。"但为后世嗤""但"字妙,谓一钱不舍,终日牢愁,其过为身后忧者,止徒为身后笑耳!后世犹笑,则当世之传为笑柄可知。夫我方戚戚然而忧之,人咸窃窃然而笑之,顾乃以我之忧,而徒供人之笑,这却为甚么呢?其申足"何"字,令人于言外想之。盖"为乐及时"二句,申足"秉烛游"三字;"愚者爱惜费"句,止申足一"不"字,"但为后世嗤"句,乃申足一"何"字。合四句倒转看,止是一个"何不秉烛游"。○以上六句承"怀忧"二字宽转,以"为乐"破"怀忧",亦大概宽慰之,出豁一随时消遣法,与其十三"饮酒""被服"八字随分消遣者同,看意所归注,原不在此。○末二句乃承"常怀千岁忧"紧转,方正破其"摧木""犁墓"为忧处。谓人生无几,不及时为乐,而忧怀千载,至以丘墓为忧也,所忧亦太过矣!以若所忧,则必等诸王乔之乘鹤以逝,化鸟而鸣,斯可免于忧矣!夫子乔以前,既无子乔,子乔以后,亦无子乔;是王子乔之乘鹤以逝,化鸟而鸣,固仙人中出于其类而又拔乎其萃者。斯无俟此庸庸碌碌者高相颉颃,而始知难与等期也。仙人既难于等期,凡属斯人,其生寄死归,孰不遗此臭皮囊?即时移世易,又孰能长保此臭皮囊?陵寝且不免于发掘,而何希罕这贱骨头?李铁拐仙蜕为虎啖,又何希罕这俗骨头?先贤墓误为白牛庙,更何希罕你这蠢骨头?念及此而蝼蚁何亲,狐狸何疏者,则当息我以死,转不如速朽之为愈耳!斯又何不可"荡涤放情志",而顾长"自结束"乎?

凛凛岁云暮

其十六四节○此段阐发实际,文家之正面也。其实写"思"字,在"眄睐以适意"四句。全段以此四句为枢纽,前路递以引到"眄睐以适意",十七两节止以申足"徙倚怀感伤"。此四句开合串侧,各归重在下句,故末节"引领""泪下",亦串递双结。○其六归注到"忧伤以终老",即上截之阐发已完;其七特补纪时序,而兼以咏足;此处归注到"徙倚怀感伤”,即下截之阐发已完;以下亦补纪时序,而兼以咏足。此上下章法,遥相配处。上截归注到“忧伤以终老”,而结以“虚名何益”,特申之以喟感。下截归注到“徙倚怀感伤”,而结以“垂涕泪下”,即继之以悲啼。盖上截同病相怜,虽身遇其事,而兼以慷他人之慨,故感喟相深。下截思君不见,当情迫于中,而无所为穷人之归,故悲啼独切。夫诗贵哀而不伤,此什乃独以伤见当。情不自禁,必实有可伤者,故疑此什为党锢诸君子作也。又此诗纪时纪地,一字不苟下,即一字非无故者,观“锦衾遗洛浦”句,作者其蜀人耶?然已不可考矣。缘此介介,盖弥月不怿云。

其十六○此又承上转拢,乃通局归结处。谓仙人难可与等期,斯委形固同归于尽矣。顾死堪速朽而丧不堪此速贫者,其奈此身为世累者何!“凛凛岁云暮”,“蝼蛄”且“夕悲鸣”矣,“凉风厉”而“寒无衣”,日何以为日;“锦衾遗”而“同袍违”,夜无以为夜矣!独寐寤宿,累此长夜,其辗转寤寐,惟我良人当望而不见,益深我长思矣。○此节柱义须随步换形,合下四节以“眄睐”四句为枢纽。单论此节,以“梦见容辉”句为枢纽:前七句止递到此句,中八句乃实衍此句,后四句缘所梦而转深其怨思也。○前七句从中段转关,即为此段引绪;其上下交关,妙在一“累”字。用以转关,句句见生世难过;用以引绪,即句句皆入梦之缘也。首句上与“岁暮一何速”应,下即与“孟冬”相呼。“凉风”二句为下“北风何惨栗”伏线。看似闲闲写景,其萦拂照应,直七玲八珑。○“梦想见容辉”句妙在分明说破,下转写得疑真疑幻,偏于白昼着魔。○“良人”四句正当梦时情事,“良人”二字提起重读，二字不特冠此四句，以下皆顶此二字去。朝夕间口所诵者，此“良人”；心所维者，此“良人”；倏而目中瞥见，此“良人”，直如从天降，不禁冲口喊出者，郑重之极，亦亲热之至也。上二句推原法，下二句代字法。惟，思也；古，往昔也；欢，情好也。谓良人思往昔情好，特亲枉车驾，惠以前绥，而来迎己也。“惟”字妙，直写出心藏心写来。“枉”字文绉得妙，有愧不敢当意。“愿”字跟“惟”字来，“常”字对“古”字说，“巧笑”跟“欢”字来，为此之故，因惠前绥而愿得同归也。“携手同车”直写得黏皮贴肉，并无事“马儿漫行，车儿快随”矣。“得”字妙，在良人若犹恐失之，在己若欲拿班者然。“愿”字直写出信誓旦旦来，既推原其情如此，复代为剖白其情如此。推原其情如此，而良人之情固已如此；代为剖白其情如此，即良人好我之情已实如此如此也。夫我朝夕所冀于良人，惟冀其如此，而今并已如此如此也，其字字感人心脾，即字字如从己肺膈中流出者，真好梦也。此时真是得意煞！○“既来”二句，梦而微寐时情事。“来”字抽出。上顶良人来，下贯两层去。“既”字“又”字，妙在写得恍恍惚惚，将信将疑，当梦回之初，微寤之候，似梦非梦，似醒非醒，所谓“拥被却寻初断梦”，此真不可奈何时节也。读至下句，不禁失笑焉。曰“又不处重闱”，深怪其不处重闱也。苟不望其处重闱，不怪其不处重闱。怪其不处重闱，固深愿其处重闱，且欲其急处重闱也。意尔时行者筋劳，庸无冀洗尘濯足；居者唇燥，已急思下马迎风矣。顾方拟春生罗幕，今夕何夕，见此良人；夫宁知月满屋梁，子兮子兮，如此邂逅何？缘下句一衬，将上句写出加倍懊恼来，此时真是拂意煞。○“亮无”二句，既寤而大觉也。“亮无”“焉能”翻踢，“既来”坐实梦想，谓此不须臾者，非不俟须臾也；其不处重闱者，亦非不处重闱也；惟我良人，“亮无晨风翼，焉能凌风飞”，相去万里，亦曷云能来也？则我之梦见良人，惟其想见，因而梦见者，固“梦想见容辉”也。此与杜甫梦李白诗云“何以有羽翼”，又云“故人入我梦，明我长相忆”参看。杜盖从此夺胎者。〇“良人”四句是梦见，下四句乃因想而梦见，合八句止是一个“梦想见容辉”。“良人”四句是述梦，“既来”四句是想梦，“眄睐”四句是寻梦，以下方是正写“思”字。〇“眄睐”二句，既觉而复迷也，缘所梦而冀幸其梦之克验也。“眄睐适意”即中段“驰情”二字，“引领相睎”即中段“整巾带”三字。上句缓读，下句快读；上句写出满志踌躇，下句画出通身松泛，真是妙笔！“眄睐”，心有所思，而凝睇斜视貌；“适意”，其气扬扬，甚自得也。当驰情妄想，越想越真，斯枉驾来迎者，始以为或有，既且以为必有矣；斯不知不觉，倏已飘袖扬裾，出户以望之矣。曰“遥相睎”，惟幸早见一刻，以为快也。欲得早见一刻，必得远望一程；欲得远望一程，必高瞻乃可远瞩者；如是特申长其颈以望之，“引领遥相睎”，直写尽痴情憨态。〇“徙倚”二句，黯然而自伤也，辜所望而悼惜所梦之徒虚也。“怀感伤”即中段“沉吟”二字；“垂涕沾扉”即所谓“聊踯躅”者。沉吟，不语貌；“怀感伤”所谓“纵有万语千言，止在心上忖”也。踯躅，不进貌；“垂涕沾扉”时，当越想越杳，而终不死心，兀自倚着门儿，呆呆以望也。徙倚，倚不一处也；倚在门旁，故垂涕沾扉；缘是徙倚当东边挨挨，西边靠靠，故涕沾双扉。上句写出神惫形劳，下句画出垂头丧气。读者于此试为设身以处其地，其馀情眷眷一轮车子于舌底喉间，直轮蹄络绎不绝者，则前边"轩车来何迟"五字，能无不伦不次，冲口即喊出来乎？此际须敬泛一大白，遥呼作者而酎之，庶不辜此绝世妙文也！

孟冬寒气至

首六句特提"孟冬""明月"标纪时序，自成一队；与上截其七首四句相配。其纪时纪日大书特书不一书者，落寞中自作年谱也。其注意在"孟冬"纪时，尤重在"四五蟾兔缺"句纪日也。〇上节至"垂涕沾双扉"，一时昏昏默默，痴痴呆呆，直忘却是春是夏，是秋是冬；亦忘却是朝是昼，是日是夜；并忘却是朔是望，是弦是晦矣！倏而凉风入户，吹得肌骨悚然，回顾闲庭阒寂，早已黑暗洞洞，于是"罗袂生寒，芳心自警"，始之忘却是秋是冬者，至此忽忆其候焉；其忘却是日是夜者，至此忽悟其时焉；其忘却弦晦朔望者，至此倏细数其日焉。〇此六句横空硬插，陡脱离奇，其栏腰锁断，至上下互相遥接，直幻出无数山连云断的奇景来。"孟冬"二句，越却"锦衾"十六句，与"凛凛岁云暮"四句隔枝遥接；"四五蟾兔缺"句，越却"客从远方"两节，与"明月何皎皎"句隔枝遥接；两"客从远方来"，越却"孟冬"六句，与"徙倚怀感伤"句隔枝遥接；缘此六句用横风吹断法，硬插在中间，遂使上下两节，断断续续，致读者一片迷离，莫辨东西，如武侯八阵图数堆石子，能令陆伯言迷不得路，真奇绝千古也。〇"孟冬"二句：至，始至也，谓兹非孟冬耶？此乃寒气始至之时，而北风何惨栗耶？夫上不既曰"凉风厉"而"寒无衣"乎？此独不忆其衣之单，而徒致讶于风之惨乎？其事相承而语不相顾，活画出昏闷乍醒人，失张失智来。“何惨栗”唤起“知夜长”，盖夜则阴气盛而较日更寒也。看渠作意从孟冬风气之惨栗引起夜；从夜说到星，从星引到月；从月曲曲盘盘，算计到日子上去；后人读之，谓是闲闲写景耳，在作者之经营惨淡，正不知费几许心血也！○“愁多知夜长”：“知”字妙，乃自家怜悯，亦自己唤醒语，与子美“请看石上藤萝月，已映洲前芦荻花”同一神致。“夜长”与上节“长夜”异：长夜通一夜而计之，谓冬之夜也；此夜长犹云夜深耳。按此时一更之后，于夜犹未深也，而彼惛不知，盖自引领出户，望至嚜黑之后，便觉其时已久，随率口曰“夜长”。总之心中有事人，其惛惛懵懵，不曰夜则几忘其为夜，一云夜则遽惊以为长；写感伤后眩惑谬乱，失张失致，真堪绝倒。于此而曰“仰观”，则知竟日间之“引领遥睎”，其盱衡远望者，固不暇仰观；薄暮时之“徙倚感伤”，其望苦低垂者，又不能仰观；及至“夜长”，而“引领”无从，“感伤”徒切，直死心踏地者，乃始一仰观也。“众星列”与上截“众星历历”异；“众星历历”者，为“箕斗”“牵牛”等伏根，言星也；此“众星列”者，言无月也。谓众星已列矣，而月犹未出乎，故下二句随说到月；当其说星时，其意固不在星；及至说月时，其意又不在月；渠意特以月计日也。“明月”二句，上句特以陪出下句，谓当此夜长，而月犹未上，月出不綦迟乎？夫月之迟早有候也，斯体之盈亏者应之；即月之盈亏有时也，斯出之迟早者因之；于是屈指细算，一五一十，“三五明月满”，正望之月也，当日没而早已升焉；“四五蟾兔缺”，将下弦之月也，故夜长而犹有待焉。斯时呢呢喃喃，其感伤于以少间，涕垂于以暂停者，知其稍以安之矣。夫上节至“徙倚怀感伤，垂涕沾扉”时，其呜呜咽咽，几至惨不成声者，情势已将收场矣。即不收场，而呜呜咽咽，势将哭个不了矣。何由数往寻来，触物牵情，款款以敷耶？妙在此处用横风略为吹断，使此感伤垂涕者，可略一节其哀情，由是于待月徘徊之下，复溯前情，举所谓怀感伤者，于以款款而陈焉；乃文家急脉缓受法。〇孟冬建亥之月也，即今十月也。解者泥汉用秦正，以十月为岁首，谓汉之孟冬，即今之七月。夫七月正三伏极热之时，何得云“寒气”？又何得云“北风惨栗”耶？按汉用秦正，至武帝太初元年，允廷臣司马迁等所请，已改用夏正。此诗其三曰“洛中何郁郁”“两宫遥相望”，作者属东汉无疑。岂西汉既改用夏正，而东汉复以秦正纪事乎？则注孟冬为七月，亦解者失考耳！

其十七其十八节目〇阐发“思君”，至其十六正意已完，以下犹乐之有“乱”，乃大结矣。“孟冬”六句与其七起四句相配，特自成一队，皆作者故作狡狯，令人迷离莫测处，此层须与划清界限。其次八句，与下一节相矗对，乃文家两截体中的合股也。两截的合股，出股必先结下截，对股乃遥结上截；此文家定法也，斯亦若是焉矣。前“客从远方来”一层，先结“思君”一柱；后“客从远方来”一层，遥结“思友”一柱。先结“思君”处，以“惧君不识察”句标揭“君”字，清剔眼目；遥结“思友”处入手即曰“相去万馀里”，与首节“思友”一边的起句相叫应；次曰“故人心尚尔”，令阅者郡知为友言也。结曰“以胶投漆中”，汉谚曰“雷陈胶漆友”，胶漆自是朋友甲里的语。其起结举标眉剔目而出之，作者于此固明示人以分应双结也。

客从远方来

此合上节后八句，皆承“徙倚怀感伤”来。当待月徘徊之下，寻来溯往，两节情事止是一个“徙倚怀感伤”。上“客从远来”六句，有所感也；末二句缘所感以自伤也。此“客从远来”八句，有所感也；末二句缘所感以自伤也。○按此两层，一结“思君”，一结“思友”，柱固矗对，而意自相承。上“客从远来”一层，上曰“长相思”，下曰“久离别”，“长相思”而限于“久离别”，将地隔情遥，莫我能即，身别离而所思亦几若为离别所限者，故抱此区区，深惧君之不识察也。下“客从远来”一层，曰“著以长相思，缘以结不解”，“长相思”而至于“结不解”，则身远心近，何时暂忘，身别离而所思直无时暂忘者，犹以胶投漆，又谁能别离此乎？两柱矗对，却一意贯注，其开合流动用法而常得法外意，斯情生文而文又生情者矣。两节用意注重在“长相思”三字，书札绮被等项，止属随便应用家伙。两“客从远来”句，犹属开端冒子话，竟与认真，便同痴人说梦了。盖“长相思”三字犹珠也，其馀多句，通身麟爪耳。通身之麟爪盘来攫去者，为此珠耳。“思君”“思友”，其思之无已，总此一个“长相思”。上下两节，如龙有两条，珠止一颗；其盘来攫去，如双龙争戏一珠者。读十九首如看鱼龙百戏矣。此三字若在正面实填，其呆板死煞，一之已甚矣；看他运此三字，备极镜花水月之妙，或借嵌于书辞，或巧寓于物制。其不犯正位，乃文家宾字法。按此两节，其意与题相生，不与题相迫，乃文家离字法。上“徙倚怀感伤”二句，已从中段掀翻处转过正面，则此二节所谓“转过随将衬笔来”,又文家衬字法。其用以申足“徙倚怀感伤”,又文家虚提实衍法。○两“客从远方来,遗我一端绮”整对起,与其二、其三“青青河畔草,郁郁园中柳”“青青陵上柏,磊磊涧中石”整对起者,遥相掩映。此四首之外,惟其十“迢迢牵牛星,皎皎河汉女”,亦整起;其他十四首未之见焉。此文家通篇散行,特于中及起结处用整也。其前后遥相掩映,乃文家结比应转提比法。两个“长相思”,与首节两个“相去”遥相应:“相去万馀里”,此“相思”所由“长”;“相去日已远”,更“相思”所由“长”也。两“相去”一横一竖。此曰“三岁字不灭”,曰“相去万馀里”,其一横一竖,与首节横竖两柱遥相配,乃文家后路应转小讲法。至下曰“久离别”,“谁能别离此”直结到首节起笔“与君生别离”,竟文家结应破题法矣。○叠用“客从远方来”,叠用“遗我一”,叠用“长相思”,相叠成章,章法全学国风,其比物取象,结体撰言,与凡谐声叶韵,无一不酷似之者,即居然国风焉。○两节情事与当下所思者全不相涉,至末一笔归题,借移过来,即情事活现。论者谓庄子极善发端,其取义每远远说来,到题便虚虚咽住;复又远远说来,而到题便咽住;及至结醒题意,一笔两笔,点睛即飞。读十九首节节当作如是观。○诗至工部乃三唐之集大成者,凡一题数首至数十首,悉皆变幻神奇,令人迷离莫测。按以绮交脉注,一丝不乱,其自谓“晚节渐于诗律细”者,全从此什脱胎去;则十九首固全唐之开山祖矣。杜诗此际不及条达,俟嗣出以呈教。○按十九首情本骚也;才兼庄也;其好色而不淫,怨诽而不乱,亦不悖于风雅焉。后生读此,伊不异扬风扢雅。至“美人香草”之思,如读以骚焉;降而齐得丧,一死生,又如读以庄焉；领会以变幻离奇之妙，而诗趣诗情，出而愈有，直可总以三唐焉；即况而愈下，亦不异读以旋规方矩，且重规叠矩，丝丝合法，一篇完善的考墨卷焉。则甚矣十九首不可不读也！若拙解之十九首，尤不可不与后生亟读也！

明月何皎皎

此遥接“四五蟾兔缺”句，前因月迟而待之，此当月出而叹之，非叹月也，缘两个“长相思”，如梭之抛于一寸心坎中，营营如织者，始终止一个“独宿累长夜”“徙倚怀感伤”耳。“明月”二字句；“何”字合下八字为句，并合次联十八字共为句。“何”字问得妙，所谓“见儿呵！你出来做甚么?”，后人“更教明月照流黄”及“照人离恨太分明”等句，虽脍炙人口，终不及“何”字下得蕴藉。“照我罗床帏”，“我”字自供得妙：谓我之为我，不堪为我者也；即我之为我，不堪斯照者也；我不堪斯照，即我之床帏，亦不堪斯照者也；盖我不堪为我，我直不堪斯照者，我固忧愁之我也；我不堪斯照，我之床帏亦不堪斯照者；固揽衣频起，终夜徘徊而不能寐之床帏也。我不堪斯照，此皎皎照我者，其谓之何？我之罗床帏不堪斯照，则此皎皎照我罗床帏者，又谓之何？在月之无私照临者，不堪照而不得不照，明月几无如我何；而月之容光必照者，不堪照而偏以相照，我固无如明月何矣。○“客行”二句，妙在用“虽”字着力一翻，谓客行即使甚乐，尚不如早旋归，而况我之不乐实甚乎？按此什开手曰“行行重行行”；其后曰“思远故里闾，欲归道无因”；此段入手至以“携手同归”，深诸梦想者，则客行思归，固其本志也。但用正入便苦平直。“客行”二字，妙在用“虽云乐”三字翻入，其反主为宾，以开作合，不用死笔用活笔，不用正笔用翻笔，不用实笔用虚笔，全在一“虽”字，有取死回生妙用。“乐”字上对“忧愁不能寐”，下起“愁思当告谁”；“乐”字虚，“忧愁”“愁思”字实，以一“乐”字拗两头，以虚拗实，即实者皆空，于此见“虽”字之妙；灵丹一粒，鸡犬皆仙。○“出户”二字语气现成，此盖覆述结语也。“出户”不在此时出，“彷徨”亦不在此时彷徨，此乃覆述“引领遥相睎”时的情事。“愁思”不待此时愁，“当告谁”亦非谓此时无告，此乃补叙“徙倚感伤”时的情事。盖“引领遥睎”之后，“徙倚感伤”之前，此二句夹缝中间，其踯躅彷徨，度刻如年，一腔热中，无可告诉，直如热磨上蚂蚁，走投没路。此种情景，在前既不及写；而此种情景，固此中情事所必有者，要不容以不写也。故特于结处补写之。按此二句若实写在“引领遥睎”之下，“徙倚感伤”之前，其呆板死煞，便是不即溜钝汉矣。惟抽出补写于后，斯实者虚而虚者实，既备极镜花水月之妙，且于此覆述以作结，恰好收缴“引领”“垂涕”，而兜裹完密矣。曰“独彷徨”，曰“当告谁”，写出形单影只，斯真孤臣哉；看他前后写“思”字，用意斡归一线处，曰“脉脉不得语”，曰“沉吟”，曰“怀感伤”，曰“惧君不识察”，“愁思当告谁”，其用意斡归一线，直一字不外散，至末路点清“思”字结。○“引领”二字为句，当情颓气咽，其不堪回首，几不堪覆述者，深悼所望之徒虚也。“还入房”三字自为句，“还”字微读，当“引领遥睎”时，满拟“枉驾惠绥”者，必不辜此“引领”，且稳取“携手同车”者，必不虚此“引领”也。斯归哉归哉，宁犹“踯躅”“空房”哉？而竟不然也，其“引领”徒虚，仍然重入此“空房”者，其“泪下沾裳衣”，斯不禁痛定思痛也。“沾衣”应上“揽衣”，“引领”“泪下”双管齐下，恰缴归“引领遥睎”“垂涕沾扉”结。

按此什从“弃捐”生情，以“哀伤”作骨，其篇如股，而股如句，一十九首，止一个“与君生别离”耳。要其妙处，则“无缝天衣”一语尽之。若泥以某截云何，某截云何，某截之某段又云何云何也，在我既不免“以愚贾妄”之诮，读者亦自贻“即聋从昧”之讥矣。所贵摆脱言诠，领取神味，泯段落痕迹，而浑归于一片，是所望于善学者。

饶勉庵先生古诗十九首详解序

作诗难，释诗尤难。作诗者惟自道其性情而已；立乎千载以后，而释千载以上之诗，则必通其所不通，以求其可通，而后古人之性情得。然而遵是说者，非泥则凿：王叔师之释骚，以“夏康娱”为“太康”也；国朝陈启源之释简兮以“西方”为“观世音”也；此凿之甚者也。诗序本卜子夏，而或以为卫宏与国史；招魂本宋玉，而或以大招为景差，或以二招为灵均；此泥之甚者也。古诗十九首昭明编诸李少卿之上，后人以为人非一人，时非一时，玉台以来，罕有异议。今饶大令书升出其先德勉庵先生所著详解，则以为汉末党锢君子逃窜边北，怜同患而遥深恋阙者之辞；且谓首章“会面安可知”“思君令人老”二句为全诗之柱，一以思友，一以思君，其两义即贯通诸章，宾主之位，的然不紊，钩章棘句，数百万言。盖其释诗之学，即以塾师讲题之法行之，呜呼盛矣！余四龄受书，即爱读古诗，常患十九首变化离合,不可穷诘,思求其法于冈连峰断之中,今得先生是书,砉然若帝之悬解。然则先生之释诗,诚免夫泥与凿之弊而能通其所不通,以求其可通者哉!重违大令之请,因不辞不文而为之序。宝应王凯泰序于福州抚署之崇兰书室。

谨书月午楼古诗十九首详解后

呜呼!此吾子先子勉庵公所遗之手泽也!先君子早知向学,体用兼备,未弱冠即有声庠序,屡荐于乡,不售;走燕、赵、楚、豫、吴、越,迄无所合;归而叹曰:“遇不遇命也,吾将竟吾学以待后人也。”时年甫三十,闭门攻苦,弃举业,专肆力于经,兼及诗古文辞,乃仅十年即弃养,哀哉!所注毛郑诗学异同、汉魏诗选详注,均未卒业;纪游草、月午楼诗文杂著,亦积满筐,未及手厘。惟是编十九首详解为教升兄弟初搦管而作,成书最早。其中往往借八股法相发明,且旁推交通,不惮再三反覆者,欲便初学,即借扩心胸识见,未遑惜词费也。不然篇末固已明诏“摆脱言诠,领取神味”矣,岂好浪费如许笔墨哉!今见背三十三年矣,每忆口讲指画时心长语复,辄不禁潸然泪下也!所愧孤露馀生,磨盾捧檄,学植荒落,未能悉校全稿付梓,仅先刊此以质世者,是诚析薪弗克负荷时为之也,实升之罪也。然故里自咸丰庚申春正遭兵燹,荡为丘墟,而此累然遗稿,升独先于去冬由皖南负之江右,离家仅三月而寇难作;嗣虽屡经颠沛,而此卒得保全,则安知非天鉴吾先君子嘉惠来兹之苦心,默为呵护,故得历劫不磨耶?此升所为不禁始而悲,继而惧,终乃窃又自幸。今幸校刊既竣,故不能不缀数语,以求谅者也。呜呼!览是者其鉴诸!更愿吾子子孙孙读是篇者，其益务崇先德，以无忘手泽云！时在同治十有三年甲戌孟冬月上浣，谨识于南闽之泉州督部堂行营营务处差次。男书升百拜敬书。

九　古诗十九首注

咸阳刘光蕡古愚

行行重行行

此为君臣朋友之交中被谗间而见弃绝者之词。情致缠绵，语言温厚，止叙离思，毫无怨怼。即咎谗者亦止“浮云”一句，且以比兴出之，真为诗之正宗。

青青河畔草

此托为离妇之词，以况君臣朋友少不自持，所依非人，终致失所，虽有才思，亦复何用？咎由自取，又将谁怨？故诗可以怨也。

青青陵上柏

此达人忧世之词，所谓“众人皆醉我独醒”也。贤者清标持操，如青柏磊石挺生陵礀，一任世之昏浊，掉头远去而不回顾。于是友朋以斗酒相娱，劝其出而一试，其意良厚矣。然天下之患，自有身任其责者，贤者身在局外，何能为力。则之宛洛，而当道者醉梦未醒，方且极宴娱意，不知天下之已危已乱也。则不惟贤者之远行为多事，即劝者亦为多事矣。

今日良宴会

此见世有势利而无是非。身据要路即为“令德”，言出而人不违；倘有令德而无高位，则辘轲穷贱，一生苦辛，而于世究无补也。此诗词意近战国策苏秦传末语意，有艳富贵势利之心，然末世人情的系如此。诗人曲曲写出，系以感慨。“无为守穷贱”，正是甘守穷贱，而不效彼据要路者之所为也。

西北有高楼

此为困于富贵不能行其志者之词。人生贵适志，不在境之荣枯。志在行道济时，虽艰难困苦，方且力任不辞，无求去之心也。惟志与愿违，奉以高爵厚禄而不一用其道，谏之不听，欲自为不能，舍之而去又有牵制而不能去，则虽尊荣之位，与囹圄何异？视野鹤之双飞和鸣，真万倍之不如也。

明月皎夜光

此为有盛衰之感，而叹人情冷暖，势利之交终无所益也。起六句就时令淡淡叙入，逗出“时节”之易；随以“秋蝉”二句，以物候之变影人情之变。同门之友，高举六翮；云泥永隔，弃我如遗。当日携手之好安在乎？“虚名”相与，如星之箕斗牵牛而无箕斗牵牛之用，焉用此“虚名”为哉？甚矣！人之相与贵相知心也。

冉冉孤生竹

此初有所约而终相见背者自抒其怨思也。情则缠绵悱恻，词尤温柔敦厚。通首无一句呇人语。诗之正声,可以群可以怨也。

庭中有奇树

此鸿儒穷经稽古,学成而无由自达于君之词。“庭中”二句,言六经备帝王之道,近在眼前,本末兼该,无所不有也。“荣”,花也。“攀条”观其会通,“折荣”握其精要。“欲遗所思”,幼学壮欲行也。“馨香”句,德充于身也。“路远莫致”,云泥势隔也。物诚足贵,所学实堪用世,而上不求,则如别离之久。世既弃士,士欲不弃世不可得也。语极平和委婉。

迢迢牵牛星

此亦君子守道不遇之词,借牵牛织女以为言也。“牵牛”喻君,“织女”喻士。牵牛织女,同在一天;女既“皎皎”,星胡“迢迢”? 士欲得君,君不求士也。“素手”“机杼”,喻为治之具,“不成章”而“泣涕”,绩学不为世用,则才无所施,不能不自伤也。“河汉”“清浅”,相去无多;“一水”“盈盈”,情不能达。君下贤为好士,士干君即失身;君不求士,士难自媒也。故并一世而终不相知,虽有平治之略,无从自见也。

回车驾言迈

此感岁月如流而思及时勉学也。涉长道即是涉世。悠悠斯世,四顾茫茫。前不见古,后不见来,而往过来续,无一息之停,人生其中,如草木之一荣一枯而已。修名不立,形随物化,天壤谁复知有是人哉?

东城高且长

此亦怀才欲试者之词,以美人自比也。“颜如玉”,喻生质;“被服”,喻学修;“理清曲”,发为议论也;“音响何悲”,世变已急也。“弦急柱促”,忧世深故望世切,而世终不悟,不能求贤以自辅,则欲出而强为之情既动矣;而又自“整巾带”者,欲出救世,不能不自审所学,士之自荐如女自媒,犯礼而行,失身无补,故“沉吟”“踯躅”,不敢违礼而动也。此心耿耿,欲绸缪君屋而终不可得也。

驱车上东门

此慨年命之促而无可如何,不如随时任运,自尽其所得为也。上东门,洛阳城门,郭北有北邙山,东汉诸陵及王公达官所葬。人生百年,真如朝露,死期一至,名利皆空。于是求仙学佛,冀留此身而卒幻妄无益,不如守吾民生彝伦日用之常,为所得为。此心千古不朽,即此身千古如生也。

去者日以疏

人得天地之理以为性,得天地之气以为形。性能常存,而形必敝,性为神而形为器也。岁月如流,往过来续,人生必死,自然之运,当及时勉学,以保全此性。此身虽敝,此性惺惺不寐以昭然于天。易所谓“穷理尽性,以至于命”,诗所谓“文王在上,于昭于天”,即此之“还故里闾”也。若生不学,至死方悔,则“欲归道无因”矣。

生年不满百

“生年”有限，所欲无穷，不如及时修道，夜以继日。大道自有真乐，何能当此错过？世俗不知修省，而怀宝以亡身。妄者又遁而之他，均辜负此生矣。东汉时佛、老均已萌芽，由儒者不悟性命之旨，故为二氏诱惑也。

凛凛岁云暮

此亦所思不遂，托为思妇以怀游子也。凉风已厉，游子未归，虑其无衣，妇人以能衣其夫为职也。洛浦之神，或遗锦衾，游子不至于寒；然我为同袍，而与我违，我不能不远为虑也。于是思之不忘，独宿累夜，遂至入梦，“枉驾”授绥，欢笑“同车”；乃“来不须臾”，去又无迹，岂有“翼”“凌风”来往乎？知为梦幻，又不忍听其遗忘，“盼睐”“引领”，聊冀万一之真，而“徙倚”不见，空“怀感伤”，不觉“垂涕沾扉”也。

孟冬寒气至

此亦怀君之作。积思成愁，至不能寐，而“远方”来书，亦“久别”“长思”，两地同心，此情何能自已。故“置书怀袖”，“三岁”而“字不灭”。向所抱之“区区”，君皆识之，则向之愁思而成疑惧者，今无所惧，而无如所思之愈难已也。

客从远方来

人之相知贵知心，两心相照，地虽万里，不能间隔。此遗以

"绮",彼裁为"被";思著于中,而缘结于外,则如胶漆之固矣。地不能隔,人又谁能间之哉?古有千里神交,情至之谓也。

明月何皎皎

月明夜静,对影寂寥。外无所扰,内念自惺。忧愁之感,忽从中来。不能成寐,揽衣徘徊。默计生平与其纷营于外,驰世味之乐,不如反本归根,研性命之旨也。"出户彷徨",苦无人与质证;"入房""泪下",又觉悔悟之已迟,而光阴不我待也。末三句如后世之情诗,清澈幽微,沁人肺腑。

〔全诗总论〕

古诗十九首作非一人一时一地,为由三百篇成五言之祖;殆起于东京。词不迫切,语意敦厚,尚有风人遗旨,为诗教一大转关,学者不可不读。盖自此五言出而三百篇之风不可复追矣。

西汉有苏李赠别诗亦五言,疑为后人所拟,其词气不类西京也。且史汉亦未载五言句。

自烟霞草堂遗书

编者按:本注仅得十八首注,查涉江采芙蓉、总注,原缺。

汇解卷后记

右古诗十九首解九种。诗绎、诗说、详解均据单行本,诗解据艺海珠尘本，诗注据烟霞草堂遗书本。其馀四种，则系自他书抽出者，题目亦由编者所拟，兹略为说明：刘履一篇，采自选诗补注元刊本，以补注序有"先明训诂，次述作者旨意"之语，故题为古诗十九首旨意；至各诗训诂，则择其善者，入笺注中矣。吴淇四库全书总目提要、中国人名大辞典、日本汉文大系古诗赏析序"淇"均作"湛"，疑误。之作，采自选诗定论原刻本；张玉縠之作，采自古诗赏析汉文大系本；均就其书名以标篇名。方东树一篇，采自昭昧詹言吴批本，原题古诗十九首，今仿方书他篇题目，加一"论"字。又各单行本之序，除标明"后序""书后"者外，皆在书前，今为便于排列，俱移篇后，月午楼古诗详解原书序跋近二十篇，今择两篇较有意义者刊入，馀均从略。各篇虽皆据善本，然仍时有讹夺，卷中仅数处用〔　〕号注明，馀多未及校订；今版已排成，不便在本文下作注，将来有暇，或另作校勘记，附于书后。本卷所据诸书，有数种颇不易得，多蒙孙蜀丞教授相假，谨此致谢！一九三六年春，隋树森校竟记。

古诗十九首集释卷四　评论

钟嵘曰："古诗，其体源出于国风。陆机所拟十四首，文温以丽，意悲而远。惊心动魄，可谓几乎一字千金。其外去者日以疏四十五首，虽多哀怨，颇为总杂，旧疑建安中曹王所制。客从远方来、橘柚垂华实，亦为惊绝矣。人代冥灭，清音独远，悲夫！"（诗品）

刘勰曰："古诗佳丽，或称枚叔，其孤竹一篇，则傅毅之词。比采而推，两汉之作乎？观其结体散文，直而不野，婉转附物，怊怅切情，实五言之冠冕也！"（文心雕龙）

释皎然曰："十九首辞精义炳，婉而成章，始见作用之功。"（诗式）

吕本中曰："读古诗十九首及曹子建诗，如'明月入我牖，流光正徘徊'之类，诗皆思深远而有馀意，言有尽而意无穷也。学者当以此种诗常自涵养，自然下笔不同。"（童蒙训）

蔡絛曰："古诗十九首或云枚乘作，而昭明不言；李善复以其有'驱车上东门''游戏宛与洛'之句，为辞兼东都。然徐陵玉台新咏分'西北有浮云'以下九篇为乘作，两语皆不在其中。而'凛凛岁云暮''冉冉孤生竹'等，别列为古诗。则此十九首，盖非一人之辞，陵或得其实。且乘死在苏李先，若尔，则五言未

必始二人也。”（西清诗话）

张戒曰：“陶渊明云‘世间有乔松，于今定何闻’；此则初出于无意。曹子建云‘虚无求列仙，松子久吾欺’；此语虽甚工，而意乃怨怒。古诗云‘服食求神仙，多为药所误’；可谓辞不迫切，而意已独至也。”

又曰：“国风云‘爱而不见，搔首踟蹰’，‘瞻望弗及，伫立以泣’；其词婉，其意微，不迫不露，此其所以可贵也。古诗云：‘馨香盈怀袖，路远莫致之。’李太白云：‘皓齿终不发，芳心空自持。’皆无愧于国风矣。”

又曰：“‘萧萧马鸣，悠悠旆旌’，以‘萧萧’‘悠悠’字，而出师整暇之情状，宛在目前；此语非惟创始之为难，乃中的之为工也。荆轲云‘风萧萧兮易水寒，壮士一去兮不复还’，自常人观之，语既不多，又无新巧，然而此二语遂能写出天地愁惨之状，极壮士赴死如归之情，此亦所谓中的也。古诗‘白杨多悲风，萧萧愁杀人’，‘萧萧’两字，处处可用，然惟坟墓之间，白杨悲风，尤为至切，所以为奇。乐天云‘说喜不得言喜，说怨不得言怨’，乐天特得其粗尔；此句用‘悲’‘愁’字，乃愈见其亲切处，何可少邪？诗人之工，特在一时情味，固不可预设法式也。”

又曰：“建安陶阮以前诗，专以言志；潘陆以后诗，专以咏物。言志乃诗人之本意，咏物特诗人之馀事。古诗苏李曹刘陶阮，本不期于咏物，而咏物之工，卓然天成，不可复及。其情真，其味长，其气胜，视三百篇几于无愧，凡以得诗人之本意也。”（岁寒堂诗话）

范晞文曰：“古诗十九首有云：‘冉冉孤生竹，结根泰山阿。

与君为新婚，兔丝附女萝。兔丝生有时，夫妇会有宜。千里远结婚，悠悠隔山陂。思君令人老，轩车来何迟？’言妻之于夫，犹竹根之于山阿，兔丝之于女萝也，岂容使之独处而久思乎？诗云：‘葛生蒙楚，蔹蔓于野。予美亡此，谁与独处？’同此怨也。又：‘涉江采芙蓉，兰泽多芳草。采之欲遗谁？所思在远道。’又：‘庭中有奇树，绿叶发华滋。攀条折其荣，将以遗所思。馨香盈怀袖，路远莫致之。’亦犹诗人‘籊籊竹竿，以钓于淇。岂不尔思？远莫致之’之词，第反其义耳。前辈谓古诗十九首可与三百篇并驱者，亦此类也。”（对床夜语）

陈绎曾曰：“古诗十九首情真、景真、事真、意真，澄至清，发至情。”（诗谱）

王世贞曰：“风雅三百，古诗十九，人谓无句法，非也；极自有法，无阶级可寻耳。”

又曰：“汉魏人诗语，有极得三百篇遗意者：‘胡马依北风，越鸟巢南枝’；‘衣带日以缓’；‘清商随风发，中曲正徘徊’；‘秋蝉鸣树间，玄鸟逝安适’；‘弃我如遗迹’；‘盈盈一水间，脉脉不得语’；‘弦急知柱促’；‘去者日以疏，来者日以亲’；‘愁多知夜长’；‘著以长相思，缘以结不解’；‘出户独彷徨，愁思当告谁’；此国风清婉之微旨也。”

又曰：“锺嵘言行行重行行十四首，文温以丽，意悲而远，惊心动魄，几乎一字千金。后并去者日以疏五首为十九首。〔八首〕为枚乘作。或以‘洛中何郁郁’‘游戏宛与洛’，为咏东京；‘盈盈楼上女’为犯惠帝讳。按临文不讳，如‘总齐群邦’，故犯高讳，无妨。宛洛为故周都会，但‘王侯多第宅’，周世王侯，不言第宅；'两宫''双阙'，亦似东京语。意者中间杂有枚生或张衡蔡邕作，未可知。谈理不如三百篇，而微词婉旨，遂足并驾。是千古五言之祖。"（艺苑卮言）

谢榛曰："诗曰：'觏闵既多，受侮不少。'初无意于对也。十九首云'胡马依北风，越鸟巢南枝'，属对虽切，亦自古老。六朝惟渊明得之，若'芳草何茫茫，白杨亦萧萧'，是也。"

又曰："苏、李、古诗十九首，格古调高，句平意远，不尚难字，而自然过人矣。"

又曰："古诗十九首平平道出，且无用工字面，若秀才对朋友说家常话，略不作意，如'客从远方来，寄我双鲤鱼，呼童烹鲤鱼，中有尺素书'是也。及登甲科，学说官话，便作腔子，昂然非复在家之时，若陈思王'游鱼潜绿水，翔鸟薄天飞。始出严霜结，今来白露晞'是也。此作平仄妥帖，声调铿锵，诵之不免腔子出焉。魏晋诗家常话与官话相半，迨齐梁开口俱是官话。官话使力，家常话省力；官话勉然，家常话自然。夫学古不及，则流于浅俗矣。今之工于近体者，惟恐官话不专，腔子不大。此所以泥乎盛唐，卒不能超越魏晋而追两汉也。嗟夫！"（四溟诗话）

孙鑛曰："三百篇后，便有十九首。宏壮、婉细、和平、险急，各极其致，而总归之浑雅，在五言中，允为方员之至。后作者虽多，总不出此范围。诗品谓：'惊心动魄，一字千金。'良然！"（孙评文选，自文选瀹注）

胡应麟曰："十九首及诸杂诗，随语成韵，随韵成趣；辞藻气骨，略无可寻，而兴象玲珑，意致深婉，真可以泣鬼神，动天地。"

又曰："诗之难，其十九首乎！畜神奇于温厚，寓感怆于和

平，意愈浅愈深，词愈近愈远。”（诗薮）

谭元春曰：“十九首无诸古诗之新矫夺目，以温和冥穆，无可甚快，在诸古诗之上，千古无异议；诸古诗亦若将安焉。此诗品也。”（古诗归）

锺惺曰：“苏、李、十九首与乐府微异，工拙浅深之外，别有其妙。乐府能著奇想著奥辞，而古诗以雍穆平远为贵。乐府之妙，在能使人惊；古诗之妙，在能使人思。然其情性光焰，同有一段千古常新，不可磨灭处。”（古诗归）

陆时雍曰：“十九首近于赋而远于风，故其情可陈而其事可举也。虚者实之，纡者直之，则感寤之意微，而陈肆之用广矣。夫微而能通，婉而可讽者，风之为道美矣。”

又曰：“十九首深衷浅貌，短语长情。”

又曰：“凡诗深言之则浓，浅言之则淡，故浓淡别无二道。诗之妙在托，托则情性流而道不穷矣。风人善托，西汉饶得此意，故言之形神俱动，流变无方。夫岂惟诗，比干之狂，虞仲之逸，一以是道行之。屈原愤而死，则直槁矣。夫所谓托者，正之不足而旁行之，直之不能而曲致之。情动于中，郁勃莫已，而势又不能自达，故托为一意，托为一物，托为一境以出之，故其言直而不讦，曲而不洿也。十九首谓之风馀，谓之诗母。”（古诗镜）

王夫之曰：“兴观群怨，诗尽于是矣。诗三百篇而下，惟十九首能然。”

又曰：“一诗止于一时一事，自十九首至陶谢皆然。”

又曰：“王子敬作一笔草书，遂欲跨右军而上；字各有形埒，不相因仍，尚以一笔为妙；何况诗文本相承递邪？一时一事一意，约之止一两句，长言永叹，以写缠绵悱恻之情，诗本教也。十九首及上山采蘼芜等篇，止以一笔入圣证。”

又曰：“‘采采芣苢’，意在言先，亦在言后。从容涵泳，自然生其气象。即五言中十九首，犹有得此意者；陶令差能仿佛，下此绝矣。”

又曰：“用复字者，亦形容之意，‘河水洋洋’一章是也。‘青青河畔草，郁郁园中柳’，顾用之以骀宕；善学诗者，何必有所规画以取材？”（姜斋诗话）

陈祚明曰：“十九首所以为千古至文者，以能言人同有之情也。人情莫不思得志，而得志者有几？虽处富贵，慊慊犹有不足，况贫贱乎？志不可得，而年命如流，谁不感慨？人情于所爱，莫不欲终身相守，然谁不有别离？以我之怀思，猜彼之见弃，亦其常也。夫终身相守者，不知有愁，亦复不知其乐；乍一别离，则此愁难已。逐臣弃妻与朋友阔绝，皆同此旨。故十九首唯此二意，而低回反复，人人读之，皆若伤我心者，此诗所以为性情之物。而同有之情，人人各具，则人人本自有诗也；但人有情而不能言，即能言而言不能尽，故特推十九首以为至极。言情能尽者，非尽言之之为尽也，尽言之则一览无遗；惟含蓄不尽，故反言之，乃使人足思。盖人情本曲，思心至不能自已之处，徘徊度量，常作万万不然之想。今若决绝一言则已矣，不必再思矣。故彼弃予矣，必曰亮不弃也。见无期矣，必曰终相见也。有此不自决绝之念，所以有思，所以不能已于言也。十九首善言情，惟是不使情为径直之物，而必取其宛曲者以写之，故言不尽而情则无不尽。后人不知，但谓十九首以自然为贵，乃

其经营惨淡，则莫能寻之矣。”（采菽堂古诗选）

金圣叹曰：“此不推为韵言之宗不可也。以锦心绣手至此，犹不屑将姓名留天地间，即此一念，愧杀予属东涂西抹多矣。夫此念乃古人锦绣根本也。”（古诗解）

顾炎武曰：“诗用叠字最难，卫风‘河水洋洋，北流活活，施罛濊濊，鳣鲔发发，葭菼揭揭，庶姜孽孽’，连用六叠字，可谓复而不厌，赜而不乱矣。古诗‘青青河畔草，郁郁园中柳，盈盈楼上女，皎皎当窗牖。娥娥红粉妆，纤纤出素手’，连用六叠字，亦极自然。下此即无人可继。”（日知录）

李因笃曰：“三百篇后，定以十九首为的传箕裘，无妙不备，却又浑含蕴藉，元气盎然，在汉人中，亦朱弦而疏越矣。”（汉诗音注）

王士祯曰：“或问古诗十九首乃五古之原，按其音节风神，似与楚骚同时，而论者指为枚乘等拟作。枚之文甚著，其诗不多见。且秦汉风调自殊，何所据而指为枚作耶？又苏李河梁，亦有十九首风味，岂汉人之诗，其妙皆如此耶？求明示其旨。答曰：风雅后有楚辞，楚辞后有十九首，风会变迁，非缘人力；然其源流，则一而已矣。古诗中迢迢牵牛星、庭中有奇树、西北有高楼、青青河畔草等五六篇，玉台新咏以为枚乘作；冉冉孤生竹一篇，文心雕龙以为傅毅之辞。二书出于六朝，其说必有据依，要之为西京无疑。河梁之作，与十九首同一风味，皆所谓‘惊心动魄，一字千金’者也。嬴秦之世，但有碑铭，无关风雅。”（渔洋诗话）

又曰：“十九首之妙，如无缝天衣；后之作者，顾求之针缕

襞襀之间，非愚则妄。”（五言诗选例）

张历友曰：“昔人谓十九首为风馀，又曰诗母。若自列国之诗涵泳而出者，如太羹醇酒，非复泛齐醍齐可埒。”（师友诗传录）

沈用济费锡璜曰：“十九首中如‘弃捐无复道，努力加餐饭’；‘空床难独守’；‘无为守贫贱，轗轲长苦辛’；‘忧伤以终老’；‘荡涤放情志，何为自结束’；‘不如饮美酒，被服纨与素’；皆透过人情物理，立言不朽，至今读之，犹有生气。每用于结句，盖全首精神专注末句。其语万古不可易，万古不可到，乃为至诗也。”（汉诗说）

张庚曰：“组织风骚，钧平文质，得性情之正，合和平之旨。义理声歌，两用其极，故能绍已亡之风雅，垂万祀之规模。有志斯道者，当终身奉以为的。”（古诗解）

沈德潜曰：“十九首大率逐臣弃妻，朋友阔绝，死生新故之感。中间或寓言，或显言，反覆低徊，抑扬不尽，使读者悲感无端，油然善入，此国风之遗也。”

又曰：“言情不尽，其情乃长，后人患在好尽耳。读十九首，应有会心。”

又曰：“清和平远，不必奇辟之思，惊险之句，而汉京诸古诗，皆在其下，五言中方圆之至。”（古诗源）

成书曰：“格高、品高、韵高。不使一分才气，而语语耐人十日思，觉历来论诗诸评语，举不足以赞之。”（古诗存）

陈沆曰：“古诗十九首文心雕龙曰：‘古诗佳丽，或云枚叔，其孤竹一篇，则傅毅之词。比采而推，其两汉之作乎？’李善亦以‘驱车上东门’‘游戏宛与洛’，词兼东都，非尽乘作。然徐陵玉台新咏录枚乘古诗只九篇，两语皆不在其中，则十九首固非一人之词，惟九章则为乘作也。又玉台录此九诗，次第迥异，西北第一、东城第二、行行第三、涉江第四、青青第五、兰若第六、庭前第七、迢迢第八、明月第九。以史证诗，则玉台次第胜文选。考汉书本传，枚乘字叔，淮阴人，为吴王濞郎中，吴王之初怨望谋逆也，乘奏书谏，吴王不纳，乘与邹阳皆去之梁，从孝王游，景帝即位，吴王举兵以诛错为名，汉闻之，斩错以谢诸侯。枚乘复说吴王罢兵，吴王不用乘策，卒见破灭。汉既平七国，乘繇是知名。景帝召拜乘为弘农都尉。乘久为大国上宾，与英俊并游，不乐为吏，以病去官；复游梁。梁客皆善词赋，乘尤高。孝王薨，乘归淮阴。武帝自为太子闻乘名，及即位，乘年老，迺以安车蒲轮征乘，道死，拜其子皋为郎。今以诗求之，则西北、东城二篇，正上书谏吴时所赋；行行、涉江、青青三篇，则去吴游梁时；兰若、庭前二篇，则在梁闻吴反，复说吴王时；迢迢、明月二篇，则吴败后作也。"（诗比兴笺）

方东树曰："十九首须识其天衣无缝处，一字千金惊心动魄处，冷水浇背卓然一惊处。此皆昔人甘苦论定之言。"（昭昧詹言）

刘熙载曰："古诗十九首与苏李同一悲慨，然古诗兼有豪放旷达之意，与苏李之一于委曲含蓄，有阳舒阴惨之不同。知音论世者，自能得诸言外，固不必如锺嵘诗品谓古诗出于国风，李陵出于楚辞也。"

又曰："十九首凿空乱道，读之自觉四顾踌躇，百端交集，诗至此始可谓其中有物也矣。"（艺概）

吴汝纶曰："陆士衡所拟，今可见者十二首，锺记室云十四首，盖二篇亡佚矣。旧传为枚乘作者，殆此诸篇。玉台所录枚乘杂诗九首，皆在此，惟今日良宴会、青青陵上柏、明月皎夜光三首以非玉台体，徐陵不录；而李善据‘游戏宛与洛’与‘驱车上东门’辨其非尽枚乘，知此三篇旧必亦云乘作；陆所拟亡二篇，其一篇必驱车上东门矣，馀一篇不可复考。（森案：吴氏又疑亡佚之一篇系回车驾言迈，见古诗钞。）且诗品以此十四篇为惊心动魄一字千金，而疑去者日以疏以下四十五首为建安中曹王所制，玉台亦以凛凛岁云暮、孟冬寒气至、客从远方来等篇引为古诗，不云枚乘，知此十四篇与馀篇古自分画，不可杂厕也。‘玉衡指孟冬’，明作于太初以前，谓为枚乘，理或可信。但任昉锺嵘皆谓五言起于李都尉，而韩公亦云‘五言起汉时，苏李首更号’，而锺氏并云‘王杨枚马之徒，词赋竞爽，吟咏无闻’，然则归枚叟盖未可质言之也。玉台次第与文选不同，士衡又异，应以陆氏为次。”（古诗钞）

王国维曰：“‘昔为倡家女，今为荡子妇。荡子行不归，空床难独守。’‘何不策高足，先据要路津？无为守贫贱，轗轲长苦辛。’可谓淫鄙之尤。然无视为淫词鄙词者，以其真也。”

又曰：“‘生年不满百，常怀千岁忧。昼短苦夜长，何不秉烛游？’‘服食求神仙，多为药所误。不如饮美酒，被服纨与素。’写情如此，方为不隔。”（人间词话）